不思議の国の少女たち

ショーニン・マグワイア

JN225597

そこはとても奇妙な学校だった。入学してくるのは、妖精界や菓子の国へ行った、不思議の国のアリスのような少年少女ばかり。彼らは戻ってはきたものの、もう一度彼らの“不思議の国”に帰りたいと切望している。ここは、そんな少年少女が現実と折り合っていくすべを教える学校なのだ。死者の殿堂に行った少女ナンシーも、そんなひとりだった。ところが死者の世界に行ってきた彼女の存在に触発されたかのように、不気味な事件が起き……。不思議の国のアリスたちのその後を描いた、ヒューゴー、ネビュラ、ローカス賞受賞のファンタジー３部作開幕。

登場人物

エリノア・ウェスト……………迷える青少年のための学校《ホーム》の責任者
ランディ……………………………セラピスト
ナンシー・ウィットマン………死者の殿堂へ行ってきた少女
スミ…………………………………菓子の国に行っていた少女。ナンシーのルームメイト
ケイド・ブロンソン……………妖精界に行っていた少年
ジャック（ジャクリーン）……ヴァンパイアの世界へ行っていた少女。マッドサイエンティストの弟子
ジル（ジリアン）………………ジャックの双子の妹
ロリエル・ヤンガーズ…………蜘蛛《くも》の巣国へ行っていた少女
アンジェラ…………………………ロリエルのルームメイト
クリストファー……………………骸骨の世界へ行っていた少年
セラフィーナ………………………美しい少女

不思議の国の少女たち

ショーニン・マグワイア
原　島　文　世　訳

創元推理文庫

EVERY HEART A DOORWAY
by
Seanan McGuire

目次

不思議の国の少女たち

邪悪《ウィキッド》なる者たちへ

第一部　黄金の午後

小さな女の子がおりました

少女たちが入学の面接に同席することは決してない。助けてやりたいと心から願っているのにどうしていいかわからない両親や保護者や途方にくれたきょうだいたちだけだ。入学するかもしれない子どもたちにとって、その場に座ったまま、世界じゅうで——少なくともこの世界じゅうで——いちばん大切な人々から、自分の記憶を妄想と、体験したことを幻想と、人生を治りにくい病気のようなものと切り捨てられるのはつらすぎるだろうから。

そのうえ、最初にエリノアと会うとき、上品なグレーと薄紫の服装でいかにもといったへアスタイルの、実際には子ども向けの物語の中にしか存在しない鈍感な年とったおばさんのような姿を見せたら、この学校を信頼する気を失わせてしまうだろう。本当のエリノアはまるで違うのに。そこに座り、見るからに真剣に、心をこめて言っている台詞《せりふ》を耳にすればなお悪い。この学校でしたら、そうした迷える子羊たちの病《や》んだ心を治療するのに役に立つでしょう。心の弱った子どもたちを受け入れ、回復させることができるのです、と。

もちろんそれは嘘だが、入学する可能性のある子どもたちには知りようがない。そういうわけで、エリノアは法的な保護者と内々に面接することを要求し、天性のペテン師の技倆《ぎりよう》と集中力ででたらめを信じ込ませるのだ。保護者たちが集まって話の内容を比べることがあったとしたら、その台本はまさしく武器さながらに練習を重ねてみがきあげられていることが判明したはずだ。

「これはちょうど大人になりかけた年ごろの女の子に現れる不調で、めずらしくはありますが、特異な疾患《しつかん》ではありません」最新の保護者と注意深く視線を合わせ、エリノアはそう言うだろう。迷える少女の保護者は絶望して打ちのめされている。少年の両親と話すことになる希少な場面では台詞を変えるが、状況が必要とする程度にすぎない。長年この手順に沿ってやってきたのだから、大人の不安や願望をうまくかきたてるすべを心得ている。みなエリノアと同様、自分の保護下にある子どもたちにとって最善のことを求めているには違いない。たんに〝最善〟というのがなにを意味するか、まったく異なった考え方をしているというだけのことだ。

両親にはこう言う。「これは妄想のひとつです。しばらく時間をかければ治るかもしれません」

伯母や伯父にはこう言う。「これはあなたのせいではありません。こちらで解決できる可能性があります」

祖父母にはこう言う。「お手伝いさせてください。どうかお役に立たせてください」

全寮制の施設が最善の解決策だとすべての家族が同意するわけではない。入学者候補のうちおよそ三人にひとりは指のあいだからこぼれ落ちてしまい、エリノアはその子どもたちのために嘆く。救える可能性があるのに、必要以上につらい人生を送ることになるのだから。だが、自分のもとに預けられた子どもたちに対しては喜びを感じる。少なくともここにいるあいだは、理解してくれる相手といられる。二度と故郷に帰る機会がないとしても、理解者を得られ、仲間と一緒に過ごせる。それははかりしれないほどの宝だ。

エリノア・ウェストは、自分には手に入らなかったものを子どもたちに与えて日々を送っている。いつの日か、その報酬としてみずからが属する世界へ戻ることができることを期待しながら。

1　家に帰る、家を出る

物語るという習慣、ありふれたできごとからなにか驚くべきものを作り出すという癖は、簡単にはやめられない。口をきくかかしや消える猫と一緒にしばらく過ごしたあとでは、自然に物語るようになる——語ることはそれなりに自分を落ちつかせる手立てなのだ。たとえどんなに奇妙なことになろうと、あらゆる人生をつらぬいている連続した糸につながっているための。ありえないものごとを語り、物語にしてしまえば、制御できる可能性がある。そういうわけで——

その館は、個人の邸宅を囲む敷地となっていなければ野原と思われそうな土地の中央に建っていた。草は申し分なく青々として、建物のまわりにかたまった木々は非の打ちどころなく刈り込まれ、庭園は通常なら虹か子どものおもちゃ箱の中でしかいっぺんに見られないほどゆたかな色彩にあふれて生い茂っている。遠くの門からは私道が黒いリボンのように細くうねり、館自体の正面で円を描いて、ポーチの手前のいくらか幅広い車寄せまで優雅にのびている。一台の車が停まった。けばけばしい黄色で、注意深く管理された風景を背にするとどことなくみすぼらしく見える。後部ドアがばたんと閉じ、また動き出した車は、十代の少女を残してその場を離れていった。

背が高くほっそりとしていて、せいぜい十七といったところだ。目もとや口もとがまだどこか未発達で、時間がたてばできあがる未完成の作品という印象を与えている。服装は黒——ブラックジーンズ、つまさきからふくらはぎまで黒いボタンが兵士の隊列のように並んでいる黒のロングブーツ——と白——ゆったりしたタンクトップ、手首にフェイクパールのブレスレット——で、ポニーテールの根もとに柘《ざく》榴《ろ》の種の色をしたリボンを結んでいた。白骨の色をした髪に黒い筋がいくつか走っている様子は大理石の床にこぼれた油を思わせ、瞳は氷のように薄い色合いだった。少女は陽射しに目を細めた。その外見からして、太陽を目にしたのはひさしぶりらしい。小型のキャスターつきスーツケースはあざやかなピンクで、マンガ風のデイジーが一面に描かれている。ほぼ確実に自分で買ったものではないだろう。片手をあげて目の上にかざした少女は館のほうをながめ、ポーチの庇《ひさし》にぶらさがっている看板を見てためらった。〝エリノア・ウェストの迷える青少年のためのホーム〟と大きな文字で読める。下にもっと小さく〝勧誘、訪問、探索お断り〟と続いていた。

少女はまばたきした。手をおろす。そして、ゆっくりと階段のほうへ進んでいった。

館の三階で、エリノア・ウェストはカーテンを放し、その布地がもとの位置へふわりと戻っていくあいだにドアのほうを向いた。健康そうな六十代後半の女性に見えるが、実際の年齢は百歳に近い——かつて頻繁《ひんぱん》に渡っていた場所への旅は体内時計を混乱させる傾向があり、体が時の流れを適切に把握《はあく》することが困難になる。自分の長寿をありがたく思う日々もあった。そのおかげで、かつてあけた扉をひらいておらず、まともな道からそれることがなかったなら、目にすることもなかったほど多くの子どもたちを助けることができたのだから。別の日には、自分が存在していると——迷子のちっちゃなエリー・ウェストがなぜかこれほど長い歳月が過ぎても生きていると――この世界で発見されることがはたしてあるだろうか、そうなったら自分はどうなるのだろう、と考えることもある。

とはいえ、いまのところまだ背筋もちゃんとのびているし、七歳の少女だったあの日、父の地所にある木の根もとに穴を見つけたときにおとらず瞳も澄んでいる。髪が白くなり、皺《しわ》と思い出に皮膚がたるんでいるとしても、まあ、そんなことはまったく問題ではない。その目もとはいまだにどこか未完成だった――まだやり終えていないのだ。彼女は物語であってエピローグではない。そして、いちばんの新入りを迎えるために階段をおりていくエリノアが、みずからの人生を一度にひとことずつ語ることを選ぶとしても、誰にも害は与えない。結局、物語るというのは簡単にはやめられない癖なのだから。

時として、人はそれしか持っていないのだ。

ナンシーは玄関ホールの真ん中でかたまったまま、スーツケースの持ち手を握りしめ、状況を把握しようとあたりを見まわした。両親が送り込んだ〝特別な学校〟にどういうことを予想していたかはっきりしなかったが、ともかくこの……この上品な田舎の館ではなかった。壁には薔薇《ばら》とからみあったクレマチスの蔓《つる》を描いた古めかしい花柄の壁紙が貼ってあり、家具は――ごくわずかしか置かれていない玄関の家具は――すべてアンティークで、真鍮《しんちゅう》の金具のついた上質の木材はゆったりと弧を描く階段の手すりと調和していた。床は桜材で、顎をあげずに目を動かそうとしながら上を見やると、ひらいた花のような形をした精巧なシャンデリアが視界に入った。

「あれはここの卒業生が作ったんですよ、実はね」と声がした。ナンシーはシャンデリアから視線をひきはがし、階段のほうを向いた。

おりてくる女性は、ときおりいる老女のようにやせていたが、背筋はのびており、片手を手すりに載せているのは支えるためではなく、ただそれに添わせてるだけのようだ。髪はナンシー自身におとらず白いが、大胆な黒い筋は入っておらず、綿毛になったタンポポめいたふわふわのパーマがかかったスタイルにしてある。申し分なくきちんとして見えたことだろう、もし派手なオレンジ色のズボンに虹色のウールを使った手編みのセーターを合わせ、どれもひどい取り合わせのさまざまな色をした十二個の半貴石のネックレスをかけていなければ。無表情を保つつもりだったのにナンシーは目をみひらいてしまい、自分がいやになった。内なる静けさを日一日と失いつつある。まもなくほかの生者と同じようにそわそわと不安定になってしまう。そうなれば二度と故郷に戻る道は見つからないだろう。

「もちろんほとんど全部ガラス製なのよ、そうじゃない細かい部分以外はね」ナンシーがまじまじと見つめているのを気にしない様子で女性は続けた。「ああいうものをどうやって作るのかさっぱりわかりませんけれどね。たぶん砂を熔かすんでしょうねえ。でも、中心にあるあの涙のしずく形の大きなプリズムはわたくしが提供したんですよ。十二個全部わたくしが作ったの。ちょっと自慢なのよ」ナンシーがなにか言うと期待しているらしく、女性は言葉を切った。

ナンシーは唾をのみこんだ。最近は喉があまりにもからからで、どうやっても乾いた塵《ちり》がとれないような気がした。「ガラスの作り方を知らないなら、どうやってプリズムを作ったんですか?」とたずねる。

女性はほほえんだ。「わたくしの涙からですよ、当然ね。いつでもいちばん単純な答えが本当の答えだと考えなさい、ここでは。たいていはそうですから。わたくしはエリノア・ウェストです。わが家へようこそ。あなたはきっとナンシーね」

「はい」ナンシーはためらいがちに言った。「どうして……？」

「まあ、今日くることになっている生徒はあなただけですからね。昔ほどたくさんいないのよ。扉が少なくなってきているか、あなたがたがみんな向こうにとどまるのが上手になっているかどちらかね。さて、ちょっと黙って、あなたを見せてちょうだい」エリノアは最後の三段をおりて正面に立ち、つかの間じっと観察してから、ゆっくりとナンシーのまわりを歩いた。「ふーん。背が高くて、細くて、とても色が白い、と。太陽のない場所からきたんでしょうね——でも、ヴァンパイアでもないと思うわ、首の皮膚からするとね。ジャックとジルはあなたと会ったら大喜びでしょうよ。みんながここに持ち込む日の光やすてきなことにうんざりしていますからね」

「ヴァンパイア？」ナンシーはぽかんとして言った。「そんなの現実にはいません」

「ここには現実なんてないのよ、お嬢ちゃん。この家も、この会話も、あなたがはいている靴も——同級生にもう一度合わせようとしているなら何年か流行遅れだし、最近の経験にしがみつこうとしているなら追悼にはふさわしくない靴だけれどね——それにわたくしたちのどちらも現実ではありませんよ。〝現実〟というのは禁句ですから、わたくしの家に住んでいるあいだはなるべく使わないようにしていただけるかしら」エリノアはふたたびナンシーの正面で立ち止まった。「その髪であなたのことがわかりますよ。黄泉《よみ》の国にいたの、冥界《めいかい》にいたの？　来世ということはありえないでしょう。誰も次の世からは戻ってきませんからね」

ナンシーはあぜんとして見つめ返した。声を出そうとして口だけが動く。この老婦人はこんなことを——こんな残酷なほど不可能なことを——これほどあっさりと、まるで予防接種の記録をたずねる程度の気軽さで口にしたのだ。

エリノアの表情がやわらぎ、申し訳なさそうな様子になった。「あら、気を悪くさせてしまったわね。ついやってしまうのよ。ほら、わたくしは十六になる前に六回、無意味《ナンセンス》世界に行ったものだから。最終的には渡るのをやめなければならなかったけれど、どうしても口のきき方に気をつける癖は身につかなかったの。きっと移動で疲れているでしょうし、ここでなにが起こるのか知りたいでしょうね。そうでしょう？　あなたがコンパスのどこに位置するかわかりしだい部屋に案内できますよ。部屋割のような事柄ではそれが本当に重要なの。論理《ロジック》を通ってきた人をナンセンスの旅行者と同室にはできないのよ、地元警察にとんでもない暴力沙汰の言い訳をしたくなければね。警察は実際にここに様子を見にきているんですよ、普通は見過ごしてもらえるけれどね。それもみんな学校として認可を受けたままでいるためなの。もっとも、ここはどちらかといえば療養所の一種だと思いますけれどね。この単語が好きなのよ、どう？　〝療養所〟。まるでなんの意味もないのに、とても形式ばった響きでしょう」

「いまおっしゃってることはぜんぜんわかりません」ナンシーは言った。なんとか口がきけたことは誇らしかったが、出てきた声がかぼそくかすれているのがはずかしくなる。

　エリノアの顔つきがいっそうやさしくなった。「もうとりつくろう必要はないのよ、ナンシー。あなたがどういう経験をしたかわかっていますからね——どこに行ってきたか。わたくしもはるか昔、自分の旅から戻ってきたときに経験したわ。ここは嘘をついたり、なにもかも大丈夫だというふりをする場所ではありません。なにもかも大丈夫ではないとわたくしたちは知っているの。そうだったらここにはいないでしょうからね。さあ。どこへ行ってきたの？」

「わたしは別に……」

「〝ナンセンス〟とか〝ロジック〟なんて言葉は忘れて。そういう細かいことはあとでなんとかなりますよ。とにかく答えてちょうだい。どこに行ったの？」

「死者の殿堂へ行きました」その言葉を口に出すのは、苦しいほどの解放感をもたらした。ナンシーはまた動きを止め、宙を見つめた。まるで自分の声が暗紅色の完璧な光を放ちながら空中に浮かんでいるかのように。それからごくりと唾をのみ、まだ喉のかさつきを消せないまま言った。「わたしは……わたしはうちの地下室でバケツを探してて、見たことのない扉を見つけたんです。通り抜けると、柘榴の木の林にいました。転んで頭を打ったんだと思いました。そのまま進み続けたのは……進み続けたのは……」

空気があんなにかぐわしくて、空が黒い天鵞絨《びろうど》のようで、またたきもせず冷たく燃え続けるダイヤモンドの光が点々とちりばめられていたから。草が露に濡れて、木々はたわわに実っていたから。木立のあいだにのびた長い小道の終わりになにがあるのか知りたかったから、なにもかも理解する前に引き返したくなかったから。生まれてはじめて家に帰ってきた気がしたから。その感覚が、はじめはゆっくりと、やがて速く、どんどん速く足を動かしたのだ。とうとうさわやかな夜気を抜けて走り出すまで。もうこれ以外は全部どうでもいい、この先いつまでも――

「どのぐらい行っていたの？」

その質問は無意味だった。ナンシーはかぶりをふった。「ずっと。何年も……あそこに何年もいました。戻ってきたくなかった。二度と」

「わかっていますよ、いい子ね」エリノアの手がそっとナンシーの肘に置かれ、階段の裏のドアへと導いた。老婦人の香水はタンポポとジンジャースナップクッキーのにおいで、この女性にまつわるほかのすべてと同様、でたらめな組み合わせだった。「いらっしゃい。あなたにぴったりの部屋があるわ」


エリノアの言った〝ぴったりの部屋〟は一階にあり、唯一の窓から入ってくるはずの光はほとんど楡《にれ》の巨木の影にさえぎられていた。その室内は永遠の黄昏《たそがれ》で、足を踏み入れてあたりを見まわしたナンシーは肩の荷がおりるのを感じた。部屋の片側――窓のある側――は、衣類や本やがらくたでごちゃごちゃだった。ベッドの上にヴァイオリンが無造作にほうりだしてあり、それに使う弓が本棚の縁にあぶなっかしく置いてある。わずかでも力が加わったら落ちそうだ。空気はミントと泥のにおいがした。

部屋のもう半分はホテル同然に特色がなかった。ベッドと小さな鏡台、本棚と机があって、どれも白木でできている。壁面にはなにもなかった。ナンシーはエリノアを見やり、よろしいとうなずくのを確認してから歩み寄って、自分が使うことになるベッドの真ん中にスーツケースをきちんと置いた。

「ありがとうございます」と言う。「ここで大丈夫だと思います」

「正直なところ、こちらはそれほど自信がないわ」エリノアは応じ、眉をひそめてナンシーのスーツケースを見た。あんなにきっちりと置いて……「〝死者の殿堂〟と呼ばれる場所だったら冥界のはずだし、それならたいていはロジックよりナンセンスのほうに分類されるのに。どうやらあなたの世界はもっと厳格に統制されていたようね。まあ、いいわ。スミと合わないとわかったらいつでも移動できますからね。ことによると、あなたはあの子にいま欠けている落ちつきを提供できるかもしれないわ。もしそれが無理でも、まあ、実際に殺し合いにはならないといいのだけれど」

「スミ?」

「あなたのルームメイトよ」エリノアは床の乱雑な山をよけて窓際へ行った。窓をあけて身を乗り出し、楡の木の枝を見まわして、捜していたものを発見した。「一、二の三、見つけましたよ、スミ。入ってきてルームメイトに会いなさい」

「ルームメイト？」その声は女性で、若く、苛立っていた。

「言っておいたでしょう」エリノアは室内に首をひっこめて部屋の中央に戻ってきた。驚くほど確かな足取りだ。これだけ床が散らかっているのでなおさらだった。いつ転ぶかとナンシーははらはらしたが、どういうわけかつまずかなかった。「新しい生徒が今週くると言いましたよ。その子が相性のいいところからきたようなら空いているベッドを使わせますとね。どれかひとつでも憶えていて？」

「ただ自分の話を聞こうとしてしゃべってるのかと思ってた。そうするじゃん。みんなそうしてる」窓枠の中に逆さまになった頭が現れた。持ち主は楡の木からぶらさがっているようだ。ナンシーと同年代で、日系人に見え、長い黒髪を両耳の上で二本の子どもっぽいおさげにしていた。ナンシーにあからさまな疑いの目を向けてから問いかける。「あんた、ケーキの女王の召使い？　ワタアメ伯爵夫人への犯罪を処罰するためにきたの？　いまは戦いたい気分じゃないんだけど」

「うん」ナンシーはぽかんと言った。「わたしはナンシー」

「つまんない名前。なんでそんなつまんない名前でここにいられるの？」スミはくるっとまわって木からおり、一瞬姿を消してからひょいと現れ、窓敷居にもたれてたずねた。「エリノア・エリー、本気？　本気の本気って聞いてるんだけど？　ここにくるような子にはぜんぜん見えないんだけど。この子の書類を見てみれば、ほんとは下手くそに髪を染められた少年被害者学校に行くはずなのかもよ」

「髪を染めてなんかいないもの！」ナンシーの抗議は激しかった。スミは言葉を切り、目をぱちくりさせてナンシーを見た。エリノアがふりかえって視線を向ける。顔に血が上って頰がほてったが、ナンシーは足を踏ん張り、手をあげて髪をなでたい衝動になんとか耐えつつ言った。「前は全部真っ黒だったの、うちの母親みたいに。死者の王とはじめて踊ったとき、きれいだっておっしゃって、髪に指を走らせてくださった。まわりの髪は残らず嫉妬して白く変わったの。だから黒い筋が五本しか残ってないのよ。そこはあの方がふれたところなの」

　エリノアが批評するようにナンシーをながめると、目の前にいる色白の娘がたった一度だけふれられた場所に、その五本の筋が幻の片手の輪郭《りんかく》を描いているのが見てとれた。「なるほどね」

「わたしは染めてない」まだ激した口調でナンシーは言い募った。「絶対に染めたりなんかしない。そんなことしたら失礼だもの」

スミはまだ目をまるくしてまばたきを繰り返していた。それからにやっと笑う。

「ねえ、あんたのこと気に入った」と言う。「あんたってめちゃめちゃ頭おかしいよね」

「その言葉はここでは使いませんよ」エリノアがぴしゃりと咎《とが》めた。

「でもほんとのことじゃん」とスミ。「この子、戻るつもりでいるもん。じゃない、ナンシー？　正しくて間違った扉をあけたらすぐ向こう側の天国が見えて、そのあと一歩、二歩、ただいまの一歩、そうすれば自分の物語の中にそのまま戻れるってわけ。頭おかしいね。ばかみたい。帰れるもんか。一度あっちからほうりだされたら戻れないんだから」

ナンシーは心臓が喉もとまでせりあがって息をつまらせているように感じた。そのかたまりをのみくだし、ささやくように言う。「そんなことないわ」

スミの瞳はきらきら光っていた。「そう？」

エリノアが両手を打ち合わせ、ふたりの注意を自分に引き戻した。「ナンシー、荷ほどきをして落ちついたらどう？　夕食は六時三十分で、そのあと続いて八時からグループセラピーがあります。スミ、この子がここにきてまる一日たっていないのにあなたを殺したくなるような行動はつつしんでちょうだい」

「あたしたちみんな、自分なりに帰りたがってるんだよ」スミは言うと、窓枠から姿を消し、なんだか知らないがエリノアに邪魔される前にしていたことへと戻っていった。さっとナンシーに申し訳なさそうな視線を投げると、エリノアもドアを閉めて立ち去った。ナンシーはいきなりひとりきりになった。

十数えるあいだその位置にとどまり、静けさを楽しむ。死者の殿堂にいたときには、ほかの生きた像にまじって何日も同じ姿勢を保つよう期待されることもあった。もっと静止するのが下手な給仕の娘たちが、柘榴の汁と砂糖を含ませたスポンジを持って通りすぎ、動かない者たちの唇に押しあてた。ナンシーはその汁がしたたり落ちるままにまかせ、のみこむことなく喉をうるおすすべを身につけた。あたかも石が月光を受けるように。ぴくりとも動かないようになるには何カ月も、いや何年もかかったが、やりとげた——そうだ、やってのけて、影の女王がこよなく美しいと褒《ほ》めたたえてくれた。急《せ》くことも熱くなることも落ちつきを失うことも必要ないとみなす、ちっぽけな人間の娘を。

だが、この世界は死者の殿堂とは異なり、せわしく熱く落ちつきのないものでできている。ナンシーはため息をついて静止状態を放棄し、スーツケースをあけようと向きを変えた。それから、ふたたび凍りつく。今回は衝撃と狼狽《ろうばい》で。自分の服——あれほど注意してつめた透けるガウンや薄手の黒いシャツ——は姿を消し、スミの側に散らばったもののように色あざやかな服の寄せ集めに取り替えられている。その山のてっぺんに封筒があった。ナンシーはふるえる手でとりあげてひらいた。

ナンシー——

こんな卑怯《ひきょう》な手を使ってごめんなさい、でもほかにどうしようもなかったのよ。寄宿学校に行くのはよくなるためで、誘拐犯にされたことに浸り続けるためじゃないわ。私たちは本当の娘に帰ってきてほしいの。ここに入っている服はいなくなる前にお気に入りだったものよ。あなたは以前うちのかわいい虹だったわ！　そのことを憶えている?

こんなにもたくさんのことを忘れてしまって。

大好きよ。父さんと私はなによりもあなたを大切に思っていて、きっと帰ってきてくれるはずと信じているの。もっとふさわしい服をつめたことを許してちょうだい。こうすることがあなたにとっていちばんだと思ってしたことだとわかってね。戻ってきてほしいの。

学校で楽しく過ごして。家に帰ってくる準備ができたときには、ふたりで待っているから。

手紙には母親のまるっこい不規則な筆跡で署名がしてあった。ナンシーはろくに見なかった。いやでたまらない熱い涙が目にあふれ、両手がぶるぶるふるえた。字が読めなくなるほどしわくちゃになるまで紙を握りつぶす。崩れるように床に座り込み、立てた膝を胸もとにかかえて座り込むと、あけっぱなしのスーツケースに視線をすえた。どうしてあんな服を着られる? あれは昼間の色、太陽の下で動く者のための色だ。熱くせわしく、死者の殿堂では歓迎されない人々の。

「なにしてんの？」その声はスミのものだった。

ナンシーはふりむかなかった。すでに同意なく動いていることでこの体は自分を裏切っている。できるのはせめて自発的に動くのを拒むことぐらいだ。

「どうも床に座って泣いてるみたいだけど、誰だって知ってるよ、それが危険、危険、やめたほうがいいぐらい危険だって。そんなふうにしてるとがまんできないみたいに見えるから。すっかりばらばらになっちゃうかもしれないって」スミは言った。おさげのひとつが肩をかすめるのを感じるほど近々と身を寄せてくる。「どうして泣いてるの、幽霊ちゃん？　誰かがあんたのお墓の上でも歩いたの？」

「わたしは死んだことはないもの。ただ少しのあいだ死者の王にお仕えしに行っただけ。ずっとあそこにいるはずだったのに、確信が持てるまでこっちに戻らなきゃいけないって言われたの。でも、出る前から確信があったし、どうしてここに扉がないのかわからない」頬にはりついている涙は熱すぎた。やけどしそうに感じる。ナンシーはしぶしぶ動き、手をあげて荒々しく涙をぬぐった。「泣いてるのは腹が立って、悲しくて、家に帰りたいからよ」

「ばかなんだから」とスミ。ナンシーの頭の上に同情のこもった手を載せたあと、ぴしゃりと叩き——軽くだが叩いたことには違いない——ベッドにとびのって、ひらいたスーツケースの隣にしゃがみこんだ。「家って親がいるところじゃないんだよね？　学校とかクラスとか男の子とかばか話とかのある場所。違う、違う、違う、もうあんたのためのものじゃない。そういうのは全部ほかの連中のため、あんたと違って特別じゃないやつらのためなんだよ。その髪を脱色した男が生きてるところが家なんだ。いや生きてないか。あんた幽霊ちゃんだからね。ばかな幽霊ちゃん。帰れないんだよ。そろそろわかってるはずじゃないの」

ナンシーは顔をあげてスミをにらんだ。「どうして？　あの扉をくぐる前は、別の世界への門なんて存在しないって知ってた。いまでは、ちょうどいいときに正しい扉をあければ、ようやく自分の場所が見つかるかもしれないってわかってる。なんでそれが、帰れないって話になるの？　もしかしたら、まだ確信が持ててないのかも」

死者の王が嘘をつくはずがない。絶対に。ナンシーを愛《め》でてくれたのだから。愛でてくれた。

「なぜなら、希望は世界の根幹を切り裂く刃《やいば》だから」スミが言った。その声は急に澄んではっきりと響き、それまでの気まぐれな調子はどこにもなかった。おだやかなゆるぎないまなざしをナンシーに向ける。「希望はつらいよ。内側から切りひらかれたくないなら、それがあんたの覚えなくちゃいけないこと、すみやかにね。希望はよくない。二度とそうはならないことにしがみついたままにさせるから。少しずつじわじわ血が流れて、そのうちなにも残らなくなるから。エリー・エリノアはいつも〝この言葉を使わないで〟とか〝あの言葉を使わないで〟とか言うけど、本当によくない言葉は禁止しない。希望は禁止しないんだ」

「わたしはただ、家に帰りたいだけ」ナンシーはささやいた。

「まぬけな幽霊。みんなそれだけを願ってるんだよ。だからここにいるんだから」スミは言った。ナンシーのスーツケースのほうを向き、衣類をかきまわしはじめる。「かわいいじゃない。あたしには小さすぎ。どうしてあんた、そんなに細くなきゃいけないわけ？　体に合わないものなんかくすねられないよ、ばかみたいだもん。ここじゃ小さくなったりしないし。この世界じゃ誰も小さくならない。高ロジック界なんてぜんぜんおもしろくない」

「わたし、その服大っ嫌い」とナンシー。「全部持っていって。切り刻んであなたの木に飾るリボンにでもしてよ、気にしないから。とにかくわたしのそばに置かないで」

「違う色だからだよね？　誰か別のやつの虹だから」スミはベッドからとびおり、スーツケースをばたんと閉じて後ろ手にひきずっていった。「立って、ほら。人に会いに行くよ」

「はあ？」ナンシーは茫然として打ちのめされたままスミの後ろ姿をながめた。

「ごめんなさい、あなたとは会ったばっかりだし、本当にどこにも一緒に行きたくないんだけど」

「だったら一緒にきてもこなくてもあたしはかまわないけど？」スミはつかの間、あの大嫌いな太陽のように明るく顔を輝かせてから、ナンシーのスーツケースと服を全部持ったまま、ドアの外へ出ていってしまった。

ナンシーはその服をほしくなかったので、一瞬、この場にいようという考えに惹《ひ》きつけられた。それから吐息をもらして立ち、あとを追った。この世界にはそれでなくとも手放すものが少ないのだ。それに、いつかは清潔な下着が必要になるだろう。

2　美しい少年たちとはなやかな少女たち

スミは生者の常で落ちつきがなかったが、生者にしても速かった。ナンシーが部屋から出るころには廊下を半分進んでいた。足音を耳にして立ち止まり、肩越しにふりかえって、自分より背の高い少女をにらみつける。

「早く、早く、早く」と叱る。「やることをやらないで夕食につかまったら、スコーンとジャムは抜きだよ」

「夕食が追いかけてくるの？　つかまらなかったら夕食にスコーンとジャムがもらえるの？」ナンシーはあっけにとられてたずねた。

「いつもじゃないよ」とスミ。「よくあるわけでもないし。わかった、まだ一度もない。でもずっと待ってたらそういうことも起きるかもしれないし、そのとき機会を逃したくないの！　夕食はたいていありがちでがっかりするよ、肉とかジャガイモとか、健康な心と体を作るものばっかり。つまんないったら。死人との食事はもっとずっと楽しかったんだろうなあ」

「ときにはね」ナンシーは認めた。そう、宴《うたげ》はあった。何週間も続く饗宴《きょうえん》では、果実やワインや昏《くら》い色の濃厚なデザートの重みでテーブルがきしんだものだ。そうした宴のひとつでユニコーンを味わい、床についたときにも、あの馬に似た生き物の甘い肉に宿るほのかな毒で口の中がうずいていた。だが、普通は銀の杯に入った柘《ざく》榴《ろ》の汁で、空腹の感覚がじっと動かない体に重みを与えた。冥界《めいかい》では飢えはすみやかに消え失せる。なくてもいいものであり、静けさや安らぎやダンスのためと思えばささやかな代償だった――あれほど心から楽しんだものすべてと引き換えにするなら。

「ほらね？　だったらおいしい夕食の大切さがわかるじゃん」スミはまた歩き出し、ナンシーのもっとゆったりした足取りに合わせて自分の歩幅をせまく保った。「ケイドがちゃんとした服を用意してくれるよ、あんたにぴったりのをね、待ってて。ケイドはいちばんいいのがどこにあるか知ってるんだから」

「ケイドって誰？　お願い、もっとゆっくり歩いて」ナンシーはスミについていこうとして、全力疾走している気分だった。自分より小柄な少女の動作は、ナンシーの冥界に適応した目できちんとたどるにはあまりにも速く、あまりにもせわしなかった。まるで大きなハチドリを追いかけて知らない目的地へ向かっているかのようだ。すでに疲れきっているのに。

「ケイドはすごくすごく長いことここにいるんだよ。ケイドの親が戻ってきてほしがらないから」スミは肩越しにふりかえってきらりと光った。はっきり笑顔を作らず、鼻に皺《しわ》を寄せて目のまわりの皮膚をぴんと張ったその表情は、ほかに言いようがなかった。「うちの親もあたしに帰ってきてほしがらなかった。またかわいい娘に戻って、ナンセンスとかっていうばかげたこと《ナンセンス》をやめないかぎりね。ここに送ったあと死んじゃったから、もう二度とあたしなんかいらないの。エリー・エリノアが屋根裏をひとりで使わせてくれるまで、あたしはここにずっと住むつもり。梁《はり》にタフィーをしまって、新入りの子全員になぞなぞを出すんだ」

ふたりは階段のところにきた。スミが駆けあがりはじめる。ナンシーはもっと落ちついて続いた。

「タフィーに蜘蛛《くも》とか木屑とか困ったものがつかない？」とたずねる。

スミはぷっと噴き出し、本物の笑顔で返した。「くもときくずとこまったもの！」と叫ぶ。「もう頭韻《とういん》を踏んでる！　うん、あたしたちほんとに友だちになるかもよ、幽霊ちゃん。結局、これはまるっきりひどくもないかもね。ほら、おいでよ。やることはいっぱいあるし、ここでは時間が意地悪で、まっすぐ進むって言い張るから」

階段は踊り場をはさんで上に続き、スミはすぐさま上りはじめた。ナンシーはついていくしかなかった。あれだけ静止状態を保った日々のおかげで筋肉が強くなり、何時間も続けて体重を支えることに慣れたのだ。動きだけが力を生むと考える人々もいる。その考えは間違っている。山は潮流におとらず力強いのだ。たんに……違う意味でというだけで。スミを追って建物の上へ上へと進みながら、ナンシーは山になったような気分だった。やがて心臓がばくばくして呼吸が苦しくなり、窒息するのではないかと不安になってきた。

スミは無地の白いドアの前で足を止めた。〝立ち入り禁止〟と書いてある、上品に見えるほど小さな表示が出ているだけだ。にやにやしながら言う。「本気だったらこんなこと書かないよ。ちょっとでもナンセンスにいたことのある相手には、入れって言ってるようなものだってわかってるもん」

「なんでここの人たちは、その単語を場所みたいに使うの？」ナンシーはたずねた。

なんだかこの学校についての大事な入門授業を受けそこなった気がした。それを聞いていれば疑問はすべて解け、こんなに途方にくれずにすんだはずなのに。

「だって場所だから、それに場所じゃないから、そんなこと関係ないから」スミは言い、屋根裏のドアをノックしてから「入るよ！」とわめいて押しあけた。すると、本屋と服屋を足して二で割ったような空間が現れた。ありとあらゆるところに本の山が積み重なっている。数少ない家具——ベッドと机とテーブル——は、壁際に並ぶ本棚以外、すべて本の山でできて、い、い、るように見えた。本棚は少なくとも木製だ。たぶん安定性のためだろう。本の上には巻いた布地が積みあげられている。綿からモスリンから天鵞絨《びろうど》からちらちら光る最高級の薄絹までさまざまだった。その真ん中でペーパーバックの台にあぐらをかいているのは、これまで見たこともないほど美しい少年だった。

肌は黄金色に日焼けして髪は黒く、手にした本から目をあげると——見るからに苛立っている——瞳が褐色で非の打ちどころのない顔立ちなのがわかった。この少年にはどこか時を超越した、まるで絵画から現実の世界へ足を踏み出したような雰囲気があった。それから、少年は口をひらいた。

「っざけんな、なんでまたきたんだよ、スミ?」トーストに塗りつけたピーナッツバターなみにべたべたのオクラホマなまりで問いただす。「あんなことしやがって、もうくるなって言っただろ」

「あんたが怒ってるのは、あたしの思いついたファイリングシステムが自分のよりよかったからじゃん」スミは平然と言った。「どうせ本気じゃなかったくせに。あたしはあんたの空に輝く太陽なんだから、いなくなったら恋しくなるよ」

「おまえは色別に分類しただろ、なにがどこにあるか把握《はあく》するのに何週間もかかったんだぞ。俺はここで重要なリサーチをしてるんだよ」ケイドは脚をのばして本の山からすべりおりた。途中でペーパーバックを一冊落としてしまい、床にぶつかる前にひょいとつかむ。そのあと向きを変えてナンシーを見た。「新入りか。もうこいつに悪い道へひっぱってかれてないといいけどな」

「とりあえず、屋根裏にひっぱってこられただけ」ナンシーは力なく答えた。頬が赤くなり、つけくわえる。「大丈夫って意味よ。わたしはそんなに簡単にどこかへ行ったりしないから、たいていは」

「この子はどっちかっていうと、〝じっと動かないで立ったまま、わたしみたいな女の子を食べるものがいませんように〟って期待するタイプだよ」スミが口をはさみ、スーツケースをケイドのほうへ押しやった。「この子の親がなにをしたか見てよ」

ケイドはプラスチックの毒々しいピンク色をながめて眉をあげた。「派手だな」

一拍おいて言う。「ペンキで直せるだろ」

「外側はね。下着にペンキは塗れないもん。ていうか、塗れ<ruby>る</ruby>けどごわごわになっちゃうし、そしたらだめにしたって思われるじゃん」一瞬、スミは真顔になった。また話し出したときには、その口から出るとかえって不安になるほど明瞭な調子だった。「この子の親、ここに送り出す前に持ち物を取り替えちゃったの。いやがるだろうってわかってたのにやったんだよ。メモがあった」

「ああ」ケイドはふいに理解した様子で言った。「いつものか。わかった。じゃ、そのままの交換だな？」

「ごめんなさい、なにがどうなってるのかわからないんだけど」ナンシーは言った。

「スミがわたしのスーツケースをつかんで持ってきちゃったの。誰にも迷惑をかけたくないから……」

「迷惑じゃない」とケイド。スミからスーツケースをとりあげ、ナンシーをふりかえる。「親ってのはものごとが変わったのを認めたがらないことがあるんだよ。子どもが人生を変える冒険に出かける前とまるっきり同じ世界にしときたがるんだ。世界が期待に応えてくれなきゃ、望み通りの箱庭を作って俺たちを閉じ込めようとする。ところで、俺はケイドだ。妖精界」

「わたしはナンシーだけど、ごめんね、言ってることがわからない」

「妖精界に行ったんだよ。そこで三年間虹を追いかけて、何インチも背がのびた。ゴブリン王を本人の持ってた剣で殺したら、死に際に跡継ぎに指名されたんだ、次期ゴブリン王だとさ」ケイドはナンシーのスーツケースを持ったまま、本の迷路へ入っていった。声が流れてきて所在を知らせる。「王は敵だったけど、人生ではじめて俺をまともに見た大人だったよ。虹の王女の宮廷はぎょっとして、次に願いを叶える井戸を通ったときに俺を投げ込んだんだ。目が覚めたらネブラスカの真ん中にある畑の中で、十歳の体に戻ってた。最初にプリズムに転がり込んだときの服を着たままで」〃プリズム〃と言った口調を聞けば、どういう意味か疑問の余地はなかった——なにか奇妙な通路を示す固有名詞で、そのひとことを発する声はナイフで切り裂かれる肉のように痛々しかった。

「まだよくわからないんだけど」とナンシー。

スミが大げさにため息をついた。「ケイドは妖精界のひとつに転がり込んだって言ってるんだよ。アリスの鏡の国みたいなものだけど、妖精界ってほんとは高ナンセンスのふりをした高ロジックだったわけ。まったく不公平だよね、規則に規則、また規則で、ひとつでも破れば、ざくっ——」喉を切り裂くしぐさをする。「去年のごみみたいにほうりだされるわけ。そいつらはこっそりちっちゃな女の子をさらってきたと思ってたの——妖精はちっちゃな女の子を連れてくのが好きだからね、中毒みたいなものだよ——で、そこにいるのが実はちっちゃな男の子で、ただ外側が女の子に見えるだけだって気がついたら、あーあ、残念でした。そのまま投げ返したってこと」

「ああ」とナンシー。

「そうだ」本の迷路から現れたケイドが言った。もうナンシーのスーツケースは持っていない。かわりに心安まる黒と白と灰色の服をつめた籐《とう》のバスケットをかかえていた。「ここに何年か前、ホラー映画の中みたいなところで十年間暮らしてたって女の子がいてさ。なんでもかんでも黒と白、ひらひらでレースがついてて超ヴィクトリア朝だった。おまえはそういう感じだろ。サイズは合ってると思うけど、合わなかったらいつでもきて、もっと大きいのか小さいのがほしいって言えよ。コルセットをつけるタイプじゃないよな。違ったか？」

「え？　ええと」ナンシーはバスケットから視線をひきはがした。「いいえ。あんまりね。骨組は一日二日でつらくなってくるから。わたしのいたところではもっと、その、ギリシャっぽかったと思う。でなかったらラファエル前派か」もちろん嘘だ——自分の冥界で、あのなつかしい沈黙の殿堂ではどんなスタイルだったか正確に知っている。どこで扉を見つけたらいいか誰かが知らないものかとグーグルをしらみつぶしに探し、ウィキペディアのリンクをたどっていたとき、ウォーターハウスという画家の作品に出くわした。目につらくない服装の人々を見た安堵のあまり涙が出たものだ。

ケイドはその表情を読み取ってうなずいた。「俺は服の交換を管理して衣類の一覧を作ってるけど、特別注文も受けてる」と言う。「作るならずっと手間がかかるから支払いが必要だ。金じゃなくて情報でもいい。自分の扉と行った場所のことを話してくれれば、もっとぴったりの服をいくつか作ってやれる」

ナンシーの頬が赤くなった。「そうしてくれるとありがたいけど」

「よし。じゃあもう行けよ、ふたりとも。もう少しで夕食だし、本を読み終わりたいんだ」ケイドの微笑はつかの間だった。「物語を途中でほっとくのはもとから好きじゃなくてさ」

スミは階段をおりていきながらナンシーを観察した。自分より背の高い少女は黒と白と灰色の服が入ったバスケットをぎゅっとかかえこみ、まだ頬がほんのりと紅潮していた。ナンシーを彩《いろど》っているその色は、みだらにさえ見える。まるでそんなところにあってはいけないとでもいうかのように。

「あいつとやりたい？」

ナンシーはあやうく階段から転がり落ちそうになった。

手すりで体を支えてからスミをふりかえり、赤くなって早口で言う。「ま、ま、まさか！」

「本気で？　だってあんた、やりたそうな顔したあとに、なんだかショックを受けた感じだったよ。やっぱりやりたくないって気がついたみたいに。ジルは――夕食のとき会うけど――あいつとやりたがったんだけど、昔女の子だったってわかったら、〝彼女〟って呼びはじめたんだよ、ミス・エリーがここではその人の個人的なアイデンティティーを尊重するんですって言うまでね。そのあと全員、昔あの屋根裏にいた女の子の変な話を聞かされるはめになってさ。その子は本当は虹だったんだけど、妖精界のひとつで空の王を怒らせて追い出されたんだって」スミはひと呼吸入れてからつけたした。「あれってなんか怖かった。あっちからこっちにきちゃった人のことなんて考えてみたりしないじゃん、こっちからあっちへ行った連中の話だけで。もしかしたら、あたしたちが思ってるほど壁は通れないわけじゃないのかもね」

「本気よ」ナンシーは落ちつきを取り戻して言った。また歩き出す。「あの人と……性交渉したくないって確信があるし、あの人がどんな性表現をしてもわたしには関係ないと思う」これが正しい言い方だとかなり自信があった。かつて、この世界からさまざまな問題を置いて立ち去る前に知っていた表現だ。「そのことはあの人と、あの人が関係を持つとか持たないとかって決めた相手の問題でしょう」

「あんたがケイドとエッチしたくないんだったら、あたしのほうも相手がいるからだめって言っといたほうがいいかな」スミは陽気に言った。「王国の端っこからきたキャンディコーン作りの農夫で、ほんとに大好きな人なんだ。いつか結婚するの。ていうか、あたしが追放されたりしなきゃ結婚してたんだけど。いまじゃあの人はひとりぼっちで畑の世話をして、あたしは大人になってあれはただの夢だったたって思い込むことになるんだろうな。ひょっとしたらいつか、あたしの娘の娘が甘草《かんぞう》の花束を持ってあの人のお墓へ行って、亡くなった人にお祈りするかもね」

その口調は一度もゆるがなかった。ほんとに大好きな人と呼んだ相手の死を語っているときでさえ。ナンシーは横目遣いにどこまで真剣なのか見定めようとした。スミの場合は見分けるのが難しかった。

ふたりはシェアしている部屋のドアの前にやってきた。ナンシーはそれと同時にある判断を下した。「相手がいてもいなくても関係ないわ」と言い、ドアをあけて自分のベッドのほうへ歩いていく。その上に服を入れたバスケットをおろした。もっとゆっくり調べてみて、合うかどうかや生地を確認しなければならないが、ケイドのところに置いてきたものに比べればすでにましだ。「そういうことはしないの。誰とも」

「禁欲主義？」

「いいえ。禁欲は選択でしょう。わたしはセックスに興味がないの。そういう感情がないのよ」性欲が欠けていることがあの冥界に引き寄せられた理由だと思っていたかもしれないが——普通の若者たちと一緒に普通の高校に通っていたとき、あれほどみんなに〝冷たい〟と、中身が死んでいると言われたのだから——息をのむほど幽冥《ゆうめい》なあの殿堂で出会った人々は、誰ひとりこの性向を共有していなかった。生者におとらず情欲に燃えていた。死者の王と影の女王は宮殿じゅうに情熱を広げ、誰もがその光に温められた。ナンシーはその記憶にふっと微笑したが、やがてスミにまだ見られていたことに気づいた。頭をふる。「わたしはとにかく……とにかくしないの。すごくきれいな人って思うことはあるし、そういう人に恋みたいに惹きつけられることもあるけど、わたしの場合そこまで」

「ふーん」スミは言い、部屋の自分の側に向かった。それから「まあ、わかった。あたしがオナニーしたらいや？」

「えっ、いま?」ナンシーは声に嫌悪が表れるのを抑えきれなかった。自慰行為そのものではない——会ったばかりのこの少女がズボンをおろしてそういうことをするという考えに対してだ。

「いや、うえっ」スミは鼻に皺を寄せた。「ううん、一般的な意味。ほら、夜遅く、暗くなって月の魚が空にひれを広げてるときには、女の子の指がむずむずするかもしれないし」

「お願い、やめて」ナンシーは弱々しく言った。「いいえ、オナニーをされても大丈夫。夜なら。暗ければ。わたしに言わないでくれたら。別に自慰行為に反対してるわけじゃないの。ただ見たくないだけ」

「この前のルームメイトもそうだった」と答えると、少なくともスミのほうはその話をそれで終わりにしたようだった——窓から出ていき、ナンシーは自分の考えごとや新しい衣類とともに室内に取り残された。

一分近くからっぽの窓をながめてから、ベッドに沈み込み、両手で頭をかかえる。自分のような物静かでまじめで、出てきた土地へ戻りたくてたまらない人々があふれている寄宿学校に行くつもりだった。これは……違う。スミも、ナンシーが理解できない事柄を専門用語でしゃべり散らす人々も。
海図なしで故郷まで航海しようとしている気がした。確信を持つために生まれた世界へ送り帰されたのに……これほど確信が持てない気分になったのは人生ではじめてだった。

夕食は一階の舞踏室で提供されていた。区切られていない広大な空間は、みがきこまれた大理石の床とアーチ形の壮大な天井でさらに広く見える。その規模と、たくさんの飾り物のように何台ものテーブルに散らばっているクラスメイトたちの光景に圧倒されて、ナンシーは入口で足を止めた。百人か、もしかしたらもっと座れるだけの席があったが、室内には四十人かそこらしかいなかった。みんなちっぽけなのに、この場所は大きすぎる。

「〝食べ物〟の前をふさぐのは失礼で下品だよ」スミが言いながらナンシーを押しのけた。ナンシーは体勢を崩してよろめきながら敷居を越え、舞踏室に足を踏み入れた。全員がふりかえってこちらをながめ、あたりは静まり返った。ナンシーは動きを止めた。それが死者と過ごした時間で学んだ唯一の自己防衛手段だったからだ。

じっとしていれば幽霊の目には映らず、命を盗まれることもない。静止することは究極の防御だった。

肩に手がかかった。「ああ、ナンシー、よかったわ」エリノアが言った。「テーブルにつく前に会えたらいいと思っていたの。いい子だから年寄りを席まで連れていってちょうだいな」

ナンシーは首をめぐらした。エリノアは夕食のために着替えており、派手なオレンジ色のズボンと虹色のセーターを、絞り染めのモスリンでできたすてきなタイトなワンピースに取り替えていた。びっくりするほどあざやかな色合いだ。その服は太陽のようにナンシーの目を痛めた。それでも、ほかに礼儀を守る行動を思いつかず、年輩の婦人に片腕をさしだす。

「スミとはどんなふうかしら?」ふたりでテーブルのほうへ進みながら、エリノアはたずねた。

「あの人はすごく……唐突で」ナンシーは答えた。

「主観的な時間で十年近くナンセンスで暮らしましたからね。あなたが動かずにいることを覚えたように、あの子は決して止まらないことを覚えたのよ」とエリノア。

「あの子がいたところでは、止まることが死をもたらすの。ほら、わたくしがいた場所にとても近いんですよ、だからたいていの人よりあの子のことがよくわかるの。いい子ですよ。あなたに間違ったことを教えたりしないはずよ」

「ケイドって名前の男の子に会いに連れていってくれました」とナンシー。

「あら？　こんなに早く人を紹介するのはあの子にしてはめずらしいわね――ただ……服に問題があったのかしら？　自分でつめたものがスーツケースに入っていなかった？」

ナンシーはなにも言わなかった。紅潮した頰とそらした視線がすべてを語っていた。エリノアは吐息をもらした。

「ご両親に手紙を書いて、セラピーの方針をわたくしにまかせるのに同意したことを思い出していただかなくてはね。ひと月以内にはスーツケースから出したものを送ってもらえるはずですよ。そのあいだは、ケイドのところへ行って必要なものをなんでも手に入れてちょうだい。あの子は針の達人なのよ。本当に、あの子がいなかったらここがどうなっていたかわからないわ」

「スミはあの人が〝高ロジックの世界〟とかいうところにいたって言ってましたけ

ど？　ああいう言葉がどういう意味なのかまだわからなくて。みんなが知ってるみたいに簡単に使うけど、わたしにとっては全部はじめて聞く言葉なんです」

「わかっていますよ、いい子ね。今晩セラピーを受けて、あしたにはランディがきちんとしたオリエンテーションをすることになっているから、なにもかも説明してもらえますからね」テーブルに近づくとエリノアは背筋をのばし、ナンシーの腕から手を離した。二回手を叩く。すべての会話が中断した。そこに座っている生徒たちが——大半は隣と間隔をとっており、かたまって話している少数のグループには割り込む隙間などありそうにない——期待の表情を浮かべてふりむいた。

「こんばんは、みなさん」エリノアは言った。「いまごろはもう、新しい生徒がきたと耳にしている人がきっといるでしょう。この子はナンシー。どちらかが相手を殺そうとするまでは、スミと同室になります。どちらがどちらを殺すか賭けがしたければ、ケイドに言ってちょうだい」

少女たちから笑い声があがった——そして圧倒的に、、、女子が多い、とナンシーは気づいた。本に顔を突っ込んだままひとりで座っているケイドをのぞけば、集団全体で男子は三人しかいなかった。共学校でこんなに偏っているのは奇妙な気がする。

ナンシーは無言を保った。エリノアはオリエンテーションがあると約束した。そこで全部説明してもらえて、質問の必要もなくなるかもしれない。

「ナンシーはまだ旅のあとこの世界に戻ってきたことに慣れようとしているところよ。だから最初の二、三日はやさしくしてあげてちょうだい。わたしたちみんなが昔はあなたがたにやさしくしていたとしてもね」エリノアの言葉には鋼鉄の芯が通っていた。「ナンシーが大騒ぎや楽しいいやがらせに参加する心構えができたら、そう知らせてくるでしょう。さあ、みんな食べてしまいなさい、たとえ食べたくなくても。わたくしたちは物質界にいるのよ。あなたがたの血管には血が流れているの。その状態を保つように心がけてちょうだい」エリノアが隣から離れて遠ざかったので、ナンシーはぽつんと取り残された。

夕食は壁の一面に沿ってブッフェスタイルで用意されていた。そっちへ寄っていったナンシーは、肉の蒸し煮料理や焼き野菜からあとずさった。容赦なく胃にもたれて耐えられないだろう。結局、皿には葡萄《ぶどう》をいくつかとメロンを数切れ、それにカッテージチーズをひとすくい載せた。クランベリージュースのグラスをとりあげると、向き直って並んだテーブルを吟味《ぎんみ》する。

昔はこれが得意だった。高校でいちばん人気のある女子だったことは一度もないが、プレイできる程度にはゲームを理解していたし、上手にプレイした。室内の空気を読み、意地悪な少女たちの強烈さに押し流されずにすむ一方、仲間外れや嫌われ者の黒々とした潮溜まりで溺れる危険もない安全な浅瀬を見つけたものだ。それがあれほど大切だったときを憶えていた。そんなことを気にしていた少女に戻る方法がわかればいいのに、と思うときもある。戻れないことが言葉にできないほどありがたいと感じるときもあった。

ケイド以外の少年たちはみんな一緒に腰かけ、ミルクにぶくぶく泡をたてて笑っていた。いや、あそこではない。目がくらみそうで顔をまともに見ることができないほど美しい少女を取り巻いている一団がいる。もうひとつの集団は、キャンディピンクの液体がなみなみと入ったパンチボウルを囲み、全員でこっそりすすっているグループもいた。どちらも歓迎してくれそうもない。ナンシーはあたりを見まわし、ここで唯一安全だと思われる場所を発見すると、そちらの方向へ進み出した。

スミはふたりの少女の向かいに座っていた。これ以上見た目の違う――あるいはそっくりな――ふたりはいないだろう。スミの皿には、どれとどれがくっつこうがおかまいなしに高々と料理が盛りあげられていた。肉汁に浸ったメロンがべっとりジャムのついたローストビーフの上になだれ落ちている。その光景に胸がむかむかしたが、それでもナンシーはスミの隣に皿を置き、咳払いして、お決まりの質問をした。

「ここ空いてる？」

「スミはいま、君がこの世でもどの世でもこれ以上ないほどつまらない、紙芝居の真似ごとのような女の子で、われわれはみんな気の毒に思うべきだと説明してくれたところだ」見知らぬ少女のひとりが言い、眼鏡の位置を直してナンシーのほうを見た。「つまり私と同種の人物らしく聞こえる。どうか座ってくれたまえ、そしてこの食卓の無聊《ぶりよう》を多少なりともなぐさめてくれるかね」

「ありがとう」ナンシーは言い、席についた。

知らない少女たちは同じ顔でありながらきわめて異なっていた。アイライナー少少と伏し目がちの表情、あるいは細いメタルフレームの眼鏡と冷徹なまなざしという違いだけで、うりふたつであるはずの顔が驚くほど独特の個性を持つものだ。ふたりとも長い金髪で、鼻梁《びりよう》にそばかすが散っており、肩幅がせまかった。ひとりは白いボタンダウンのシャツとジーンズに、古風でありながら流行の先端でもある黒いベストを身につけていた。髪は後ろでなんの飾りもなく実用的に束ねてある。唯一の装飾は小さなバイオハザードのマークの模様の蝶ネクタイだった。もうひとりはふんわりとしたピンクのドレスをまとっている。襟ぐりの深いボディスで、まさしく驚異的な量のレースが施してあった。スープの缶詰サイズのゆるやかな巻き毛をたらし、ピンクのリボン一本で背中にまとめている。揃いのリボンが即製のチョーカーよろしく首に巻いてあった。ふたりとも十代後半に見えたが、瞳はずっと年をとっていた。

「私はジャック、ジャクリーンの短縮形だ」眼鏡をかけたほうが言った。ピンクのドレスを着たほうを指さす。「こっちはジル、ジリアンの短縮形だ、われわれの両親に自分の子の名をつけさせるべきではなかったのさ。君はナンシーだな」

「ええ」どういう反応を期待されているのかわからず、ナンシーは答えた。「ふたりともはじめまして」

ナンシーがテーブルに近づいてから動きもしゃべりもしなかったジルが、ナンシーの皿に視線を向けて言った。「あんまり食べないのね。ダイエット中？」

「いいえ、そういうわけじゃないの。ただ……」ナンシーはためらってから、頭をふって言った。「移動とかストレスとか、いろんなことで胃の調子がよくないから」

「あたしはストレス？　それともいろんなことのほう？」スミが問いかけ、ジャムでべとべとの肉をひと切れとりあげて口にほうりこんだ。かみながら続ける。「両方ってこともあるかもね。あたしって融通がきくし」

「あたしはダイエット中よ」ジルが得意げに口をはさんだ。その皿にはとりわけ生焼けのローストビーフしかなかった。何切れかはあまりにも赤くて血がしたたっており、ほぼ生だ。「一日おきに肉を食べて、それ以外はホウレンソウにしてるの。あたしの血はコンパスをセットできるぐらい鉄分が豊富なんだから」

「それって、ええと、すてきね」ナンシーは言い、助けを求めてスミを見やった。これまでダイエット中の少女たちに会わなかったことはない。だが鉄分の豊富な血というのは、まずめったにその目的ではなかった。たいていはウエストを細くしたり、肌をきれいにしたり、金のある彼氏を見つけたりするのが狙いで、そういう少女たちは、自分がはまっている泥沼を理解できるほど大人になる前に作りあげられた根深い自己嫌悪に駆り立てられていた。

スミが口の中のものをのみこんだ。「ジャックとジルは丘に登った、ちょっと虐殺を見るために、ジャックが転んで頭に怪我、ジルも続いて転がり落ちた」

ジャックがいやそうな顔をした。「その童謡は大嫌いだ」

「だいたい、ほんとに起こったこととぜんぜん違うもの」ジルが言った。向き直ってナンシーに明るく笑いかける。「あたしたちはとってもいい場所に行って、とってもいい人たちに会って、みんなとっても仲良くしてくれたの。でも、地元の警察とちょっとしたいざこざがあって、安全のためにしばらくこの世界に戻らなくちゃいけなくなったのよ」

「〝とっても〟という言葉を濫用することについて私がどう言った?」ジャックがたずねた。うんざりした声音だった。

「ジャックとジルはもっと馬鹿だよ、馬鹿な連中」スミが言った。フォークでメロンをひと切れ突き刺し、肉汁をテーブルに撒《ま》き散らす。「ふたりとも帰るつもりでいるけど、無理だから。扉はもう閉まってる。高ロジックの高邪悪《ウィキッド》には無垢な人間じゃなきゃ行けないよ。ウィキッドはだめにできないやつをほしがらないから」

「あなたたちの言ってること、ひとつもわからないんだけど」とナンシー。「ロジック？　ナンセンス？　ウィキッド？　それってそもそもどういう意味なの？」

「方向だよ、それがいちばんましな説明だ」ジャックが答えた。身を乗り出すと、グラスの底がつけた水滴の輪を人差し指でなぞり、その水分を使って卓上に十字を描く。「ここ、いわゆる〝現実界〟には、東西南北があるだろう？　われわれが分類できた門を持つ世界のほとんどでは、それが機能しない。だから別の単語を使っている。ナンセンス、ロジック、邪悪さ《ウィキッドネス》、そして高潔さ《ヴァーチュー》だ。より細かな下位の方向、どこかへ行くかもしれないし行かないかもしれないささやかな分岐はあるが、この四つが重要な方向だ。たいていの世界は高ナンセンスか高ロジックだ。そのうえである程度のウィキッドネスかヴァーチューが土台に組み込まれている。驚くほど多くのナンセンス界は高潔《ヴァーチュアス》だよ。まるで、ささやかな不作法程度の悪意を持つあいだぐらいしか集中力が続かないかのようだ」

ジルが横目遣いにナンシーを見た。「あれで役に立った？」

「あんまり」とナンシー。「わたし、考えたことがなかった……あの、子どものとき『不思議の国のアリス』を読んだけど、アリスが出発したところに戻ってきたとき、どんな気持ちだったか考えたことがなかったの。ただ肩をすくめて乗り越えたんだろうって思った。でも、わたしにはできない。目を閉じるたびに自分の本当の部屋にある本当のベッドに戻ってて、こっちは全部夢なの」

「もうここは故郷じゃないのよね？」ジルがやさしく問いかけた。ナンシーはまばたきして涙をこらえ、うなずいた。ジルがテーブル越しに腕をのばし、手を軽く叩いてくる。「だんだんよくなるわ。絶対に楽にはならないけど、少しずつ痛みが薄れてくるの。戻ってきてどのぐらいなの？」

「二カ月もないぐらい」確信を持つ必要があると死者の王に言われてから、七週間と四日だ。永遠に立ち去ったと思っていた家の、ずっと前にあとにした地下室へと、寝間の扉がひらいてから七週間と四日。自分の悲鳴で侵入者に気づいた両親が階段を走りおりてきて、求めていないのにしっかりと抱き寄せ、娘が姿を消したときどれほど心配したかと泣きわめいてから七週間と四日。

　両親の視点では六カ月いなくなっていたのだ。世のはじめにペルセポネが食べた柘榴の種の、ひと粒につきひと月分。こちらにとっては数年、両親にとっては数カ月だ。あの人たちはまだナンシーが髪を染めていると思っている。まだいつかはどこにいたか話してくれるだろうと思っている。

まだ多くのことを思っている。

「だんだんよくなるわ」ジルは繰り返した。「あたしたちは一年半になるの。でも、望みは捨ててないわ。あたしは鉄濃度を高くしつづけてる。ジャックは実験をしてる──」

ジャックはなにも言わなかった。ただ立ちあがり、半分しか食べていない夕食を残したまま、テーブルから歩み去った。

「あんたの分は片付けないから！」スミが口いっぱいにほおばったまま叫んだ。

結局、三人で片付けることになった。実際、そうするしかなかったのだ。

3　同じ穴の狢《むじな》

　ナンシーの両親がこの学校について話したことによれば、必須のグループセラピーが重要なセールスポイントのひとつだった。十代の娘が陥ったおかしな状態がどんなものにせよ、訓練を受けた専門家の見守るなか、似たようなトラウマに悩む人人と腰を落ちつけて話す以上に有効な治療法があるだろうか？　ぴくぴくひきつったり髪をかんだり、無言でむっつりと宙を見つめたりしている若者たちに囲まれ、分厚い詰め物をした肘掛椅子に身を沈めながら、この現実を両親がどう考えるだろうとナンシーは思わざるを得なかった。

　そのとき、八歳の子どもが部屋に入ってきた。

　中年の司書のような細身のスカートに白いブラウスを身につけているが、どちら

も この少女にははるかに大人っぽすぎた。髪は実用的にきっちりとまるめてある。全体的な効果は、母親の服で着せ替えごっこをしている子どもだった。ナンシーは椅子の上で背筋をのばした。このパンフレットには、早熟な子どもや参加して追いつくのに時間が必要な場合を考慮して、十二歳から十九歳の年齢幅があると記載されていた。十歳未満の子どもについてはなにも言及されていなかった。

少女は部屋の中央で立ち止まり、向きを変えながら順番に生徒を見ていった。ひとりひとり、そわそわしていた者が動きを止め、髪をかんでいた者がかむのをやめる。一本の毛糸で複雑なあやとりをしていたスミでさえ、手をおろして座ったままおとなしくなった。少女はにっこりした。

「しばらくここにいるみなさん、水曜の夜のグループへようこそ。今晩は高ウィキッドの訪問者の話を聞く予定ですが、いつも通り、討論は誰でも参加可能です」その声は体とつりあっていた。口調はもっと大人びており、思春期前の声帯のせいで甲高く奇妙に響いたものの、成人女性のような抑揚だった。ナンシーに視線を向けて言葉を続ける。「ここに新しくやってきたみなさん、わたくしの名前はランディで、児童心理学を専門とする正式資格を持つセラピストです。あなたがたの回復過程のあいだずっと手を貸すことになります」

ナンシーはまじまじと見た。ほかの行動を思いつかなかった。

ランディがひとつだけ残っている椅子に向かったとき、ケイドが体を寄せてささやいた。「あの人は俺たちの仲間だよ。ただし高ロジック・高ウィキッドの世界へ行ったんだ。その世界の訪問者は十八歳の誕生日に追い出される。ランディは出たくなかったからそこの薬師たちに助けてくれって頼んだ。その結果がこれだよ。永遠の子ども時代」

「永遠ではありませんよ、ミスター・ブロンソン」ランディが鋭く言った。ケイドは座ったまま身を起こし、悪びれずに肩をすくめた。ランディはため息をついた。

「このことはオリエンテーションで話すはずでした、ミス・ええと……？」

「ウィットマンです」ナンシーは答えた。

「ミス・ウィットマン」とランディ。「いま言っていたように、このことはオリエンテーションで話すはずでしたが――わたくしは永遠の子ども時代を実現しているわけではありません。年齢を遡《さかのぼ》り、ひと月経過するごとに一週間ずつ若返っているのです。わたくしは長い長いあいだ生きています。おそらく、通常の方法で年をとっているより長い人生でしょう。ですが、規則を破ったことで、どちらにしてもあちらから追い出されました。わたくしは結婚することも、自分の家族を持つことも決してありませんし、かつてゴブリン市場に通じたあの扉を娘たちが見つけることもないでしょう。そういうわけで、わたくしは妖精《フェイ》に取引をせがむことの危険性を学んだと言えるでしょうし、いまではほかの人々への警告としての役割を果たすことができます。とはいえ、あなたがたのセラピストでもあります。いまどきインターネットで得られる学位ときたら驚くほどですよ」

「すみません」ナンシーはささやいた。

ランディは腰をおろしながら片手をふってその謝罪をしりぞけた。「別にかまいませんよ、本当です。いずれは誰もが知ることですから。さて。どなたが最初に話したいですか?」

ほかの生徒たちがしゃべっているあいだ、ナンシーは黙って座っていた。全員が口をひらいたわけではない——半分弱がコンパスの〝ウィキッド〟側に位置するらしい。あるいは、たんに話をしたいと思う生徒がそれだけなのか。ジルは姉妹で行った荒野と吹きさらしの丘の世界を熱烈に褒《ほ》めたたえたが、ジャックは燃える風車や研究室における火災予防の重要性についてなにやらぶつぶつ言っただけだった。

小麦を照らす月光の色をした髪の少女が、両手をながめながらガラスでできた少年たちの話をした。キスされると唇が切れたが、心はやさしく誠実だったと。直視できないほどの美少女がトロイのヘレンについてなにか言い、室内の半分が声をたてて笑ったが、おかしかったからではなかった——少女があまりに美しいので、自分に好意を持ってほしかったからだ。

ケイドは辛辣《しんらつ》かつ簡潔に、ウィキッドネスとヴァーチューなど名前だけでなんの意味もない、と述べた——自分の行った世界はどの地図でも〝ヴァーチュー〟と分類されていたが、ケイドがどんな存在か知ったとたんに追い出したのだから、と。

とうとう沈黙が落ち、ナンシーは誰もがこちらを見ていることに気づいた。椅子の奥に縮こまる。「わたしが行ったところがウィキッドかどうかはわからない」と言う。「邪悪《ウィキッド》と思ったことはないもの。あそこはいつでも……親切に見えたわ、ものごとの根本が。ええ、規則はあったし、そう、破れば罰もあったけど、不公平だったことはなかった。それに死者の王はあの方の殿堂にお仕えする者をいたわってくださったから。あそこが邪悪《ウィキッド》とはぜんぜん思わないけど」

「だけど、どうしてそうだってわかる?」スミが問いかけた。からかうような響きの下で、その声はやさしかった。「ウィキッドってきちんとわかりもしないくせに。もしかしたら芯まで腐ってて、うごめく虫やいやなものでいっぱいだったのに、あんたには見えなかっただけかもよ」まるでジルの反応を確かめているかのように、ちらりとそちらへ目をやる。ナンシーをじっと見つめていたジルのほうは、気づきもしないようだった。「向こう側にあるものが好きじゃないからって扉を閉めないほうがいいよ」

「わたしにはわかるの、だって知ってるから」ナンシーは頑固に言った。「悪い場所になんか行ってない。故郷へ行ったの」

「善悪の観点からものごとを語り出すと、みんな忘れるのはそのことだ」ジャックが言い、向きを変えてランディを見ると、眼鏡を直して続けた。「われわれにとって、自分の行った場所が故郷だ。善であろうが悪であろうが中立であろうが気にしない。生まれてはじめて、自分ではないもののふりをする必要がなくなるという事実だけが問題なんだ。そのままでいられる。それが雲泥《うんでい》の差を生む」

「そういうわけで、今晩はこれでおしまいにしましょう」ランディは立ちあがった。

ナンシーはいままでのどこかで、この少女を大人の女性だと考えはじめていたことにはっと気づいた。その態度のせいだ——宿った肉体のわりに成熟しすぎた、子どもの顔のわりに疲れすぎている態度。「ありがとう、みなさん。ミス・ウィットマン、あしたの朝オリエンテーションで会いましょう。ほかのみなさんは、明日の夕方、高ロジックの世界へ旅した人たちと話すときに。いいですか、ほかの人々の旅について学ぶことによってしか、自分たちの旅を本当の意味で理解することはできないのですよ」

「いや、最高だな」ジャックがつぶやいた。「ふた晩続けて厄介な立場に置かれるのは実に楽しいよ」

ランディはその台詞《せりふ》を無視し、落ちついて部屋を出ていった。その姿が消えたとたん、満面の笑みを浮かべたエリノアが戸口に現れた。

「さあ、いい子のみんなは寝る時間ですよ」と言い、両手を打ち合わせる。「おやすみなさい。すてきな夢を見て、眠りながら歩かないように心がけて、それにどうか、一階の食料品室の中で門をひらこうとして、真夜中にわたくしを起こさないでちょうだい。それは無理ですからね」

生徒たちは立ちあがり、ふたり組や単独でばらばらに散っていった。スミは窓から出ていき、誰もいなくなったことに言及しなかった。

ナンシーは部屋に戻り、室内が月明かりに照らされて静まり返っていたのでうれしくなった。服を脱ぎ、ケイドのくれた服の中から白いネグリジェを着ると、ベッドカバーの上に横たわる。目を閉じ、呼吸をゆるやかにして、みじろぎもせず心地よい眠りに入っていった。初日は終わり、まだ未来が前方に立ちはだかっている。

ランディとのオリエンテーションは、控えめに言っても奇妙なものだった。行《おこな》われたのは以前書斎だった小部屋で、いまでは黒板が並び、チョークの粉のにおいがたちこめていた。ランディはその真ん中に立ち、車輪つきの脚立に片手をかけて、必要になるたびに黒板から黒板へと移動させては段を上って複雑な図形を示した。その必要はがっくりするほど頻繁《ひんぱん》に生じるらしかった。ナンシーは部屋にある唯一の椅子にじっと座ったまま、頭がくらくらするのを感じながら話についていこうとがんばった。

門の主要な方向に関するランディの説明は、むしろジャックの話よりわかりにくく、さらに多くの図形や、気まぐれ《ウィムジー》や野蛮《ワイルド》といった下位の方向についての唐突な発言などを含んでいた。ナンシーは質問をするまいと口を結んだ。ランディが答えようとするのではないか、そうしたら頭が本当に破裂してしまうかもしれないとおそれていたのだ。

ようやくランディは話を中断し、期待するようにナンシーを見た。「さて?」とたずねる。「質問はありますか、ミス・ウィットマン?」

百万ぐらい、しかも全部いっぺんに出てこようとしている。まったく訊きたくない質問でさえだ。ナンシーは深く息を吸い込み、いちばん簡単だと思われる問いから始めた。「どうして男子より女子のほうがこんなに多いんですか?」

「なぜなら、〝男の子はどこまでも男の子〟というのは自己実現的な予言だからです」とランディ。「男の子というのは概してうるさいものですから、置き忘れられたり見逃されたりしにくいのです。家から姿を消せば、両親が捜索隊を送り出して沼から引き上げたりカエルの池から引き離したりしますからね。先天的なものではありません。後天的なものです。ですが、そのせいで扉から守られ、無事に家にいることになるのです。お望みなら皮肉と言ってもいいでしょうが、男の子は道からそれるものだとたえず予想しているので、かえってその機会が得られないのですよ。人は男性の沈黙には気づきます。女性の沈黙は当然のものと受け止められるのです」

「ああ」ナンシーは言った。ひどいことだが納得がいった。いままで知っている少年はおおむね騒がしい生き物で、両親や友人にそう仕向けられていた。もともとは静かなたちでも、批判やあざけりを避けるためにうるさくせざるを得ないのだ。古い衣装ダンスやウサギ穴をすりぬけて消え失せても大騒ぎされずにすむ少年など、いったい何人いるだろう？　魔法の鏡にたどりつく間も禁じられた塔を上る間もなく発見され、家にひきずり戻されるのがおちだ。

「男子生徒の受け入れは常に行っています――ただ人数が少ないだけです」

「ここにいる人はみんな……みんな帰りたがってるみたいです」ナンシーは言葉を切り、質問を形にしようと奮闘《ふんとう》した。とうとう問いかける。「どうしてみんな帰りたいんですか？　こういうことを経験した人って、たいていもとの生活に戻りたくて、それ以外のことを知ったことなんて忘れたがってるのかと思ってました」

「ここが唯一の学校ではないのですよ、もちろん」ランディは言った。ナンシーのびっくりした様子に微笑する。「ミス・ウェストが絵の中に転がり込んでその向こうに魔法の世界を見つけた子どもを全員拾えると思っているのですか？　世界じゅうで起きていることなのですよ、わかるでしょう。言語の壁だけでも不可能です、費用もね。北アメリカにはふたつ学校があります。このキャンパスとメイン州にある姉妹校とね。旅の経験をいやがっている生徒たちが行くのはそちらです。そこで気持ちを切り替えることを学ぶのです。忘れることを」

「じゃあ、わたしたちがここにいるのは……なにをするためですか？」ナンシーはたずねた。「どう慣れるか学ぶため？　エリノアはまだ鏡の向こう側で暮らしてるみたいな服を着てます。スミは……」スミがどうなのか表現する言葉は見つからなかった。口ごもってしまう。

「スミは高ナンセンスの世界での生活を心から受け入れた人物の典型的な例です」とランディ。「その世界でどうなったかということを責めることはできません。誰も見ていないときに呼吸を止めているように見えることで、あなたを責められないのと同じようにね。あの子は外の世界に立ち向かう準備ができるまでにずいぶん努力する必要があるでしょうし、自分でそうしたいと思わなければならないのです。どちらの学校がふさわしいかを決めるのはそのことです――どうしたいか。あなたは戻りたがっている、だからあちらに行っていたあいだに身につけた習慣にしがみつくのですよ。なぜなら、旅が終わったと認めるよりもそのほうが楽だからです。ここではどう慣れるかを教えるのではありません。忘れることを教えるわけでもありません。どうやって気持ちを切り替えるかを教えるのです」

もうひとつ訊かなければならない問いがあった。その前の質問すべてより重要なつらい質問だ。ナンシーは一瞬目を閉じ、あえて動きを止めた。それからまぶたをあけてたずねた。「何人が帰れたんですか？」

ランディはため息をついた。「このオリエンテーションを受けた生徒はひとり残らずその質問をします。答えは、わかりません。ある人々、エリノアのような――わたくしのような――人々は、何度も戻ることを繰り返し、やがてどちらかの世界に永久にとどまります。ほかの場合は、人生で一度しか旅をしません。ご両親に引き取られるか、自分からここをやめることを選べば、こちらにはあなたがどうなるか知りようがありません。わたくしは出てきた世界に戻った生徒を三人知っています。ふたりは高ロジックで両方とも妖精界でした。三人目は高ナンセンスです。あなたが訪れたような冥界《めいかい》でした――残念ながら同じ場所ではないと思いますが。そこは満月のもとで特別な鏡を通り抜けることによって入れるのです。その世界に帰った女の子は、二度目に扉があいたとき、休暇で帰宅していました。その子が行ってしまったあと、母親は鏡を壊してしまいました。あとでわかったことですが、母親のほうもそこへ行ったことがあり――世代間で受け継ぐ門だったので――娘にこちらへ戻るというつらい思いをさせまいとしたのです」

「ああ」ナンシーはとても小さな声で言った。

「つまり、ミス・ウィットマン、あなたはこの世界で生涯を過ごす可能性が大きいということです。自分の冒険について人に話すことはできます。もっと現実感が薄れ、口にしてもそれほど苦しくはなくなったときにね。そうして話し合うことにはカタルシス効果があってよいことだと気づく卒業生は多いですよ」ランディの表情は、末期だと診断を下す医者のように、悲しげだったが親切だった。「この場で扉は永遠に閉ざされたと言ったりはしません。断定できる手立てはありませんから。ですが、そもそもあちらへ行く確率自体が低いということは言、、っておきます。ふたたび行ける可能性はさらに低いでしょう。二度雷に打たれることはないといいます。まあ、雷に繰り返し打たれるほうが、二度目に扉を見つけるよりはるかにありうることでしょうね」

「ああ」ナンシーはまた言った。

「お気の毒です」それからランディは妙に明るくほほえんだ。「当校へようこそ、ミス・ウィットマン。ここで回復してくれることを願っています」

第二部　鏡の瞳で

4　空にくちづける雷

建物は住人の数に対して広く、空室やひっそりとした空間がいっぱいあった。だが、あらゆるところに自分を拒んだ世界へ戻る道を見つけようとした――そして失敗した――生徒たちの亡霊がひそんでいるように感じられ、ナンシーは外へ逃げ出した。急ぐのはいやだったが、陽射しがじりじりと照りつけていたので、片腕で目をかばい、なるべく鬱蒼《うっそう》とした木立へあろうことか走っていった。林のほっとする陰にとびこみ、動揺したのとまぶしさでにじんだ涙をまばたきしてふりはらう。オークの古木に背をもたせかけると、地面に座り込んで顔を膝に埋め、ぴくりとも動かない状態に落ちついて涙を流した。

「きついわよね」その声はジルのものだった。静かでせつない、苦しいほどの同情に満ちた響き。ナンシーは顔をあげた。はかなげな金髪の少女は木の根に腰かけており、淡い薄紫のドレスはほっそりした体にうまくまとわりつくよう整えられ、左肩に載せたパラソルが枝越しにふりそそぐ日光をさえぎっている。今日のチョーカーは深紫、エルダーベリーのワインの色だった。

「ごめんなさい」ナンシーはゆっくりと片手で涙をぬぐって言った。「誰かがいたなんて知らなかったの」

「ここは敷地でいちばん陰になる場所だから。実は感心してるの。この場所を見つけるのにあたしは何週間もかかったのに」ジルの笑顔はやさしかった。「あっちへ行ってって言ってるわけじゃないの。ただね、そう、日の光や虹があふれてるパステルカラーの夢の中に行った子たちに囲まれて、ここにいるのはつらいって言いたかっただけ。あの子たちにはあたしたちが理解できないのよ」

「ええと」ナンシーはジルのパステルカラーのドレスを見やった。

ジルは声をたてて笑った。「これを着てるのはあたしが行ったところを思い出したいからじゃないわよ。あたしが淡い色を着るのをご主人さまが好きだから。そういう色のほうが血が映《は》えるでしょ。だから白を着るんじゃないの？　そういう恰好をあなたのご主人さまが好きだから」

「わたし……」ナンシーは言葉を切った。「あの方はご主人さまじゃなくて、主君で先生で、わたしのことを慈《いつく》しんでくださっていたの。黒と白を着るのは、彩《いろど》りが影の女王とお付きの方々のためのものだから。わたしもいつか、自分の価値を認めてもらえたらお付きになりたいけど、それまでは彫像としてお仕えすることになっているし、彫像は調和しなくちゃいけないから。目立っていいのはその権利を獲得した人たちだけ」髪につけた柘榴《ざくろ》色のリボンにさわってから――ひとつの色は実際に獲得したのだ――問いかけた。「あなたには……ご主人さまがいたの？」

「そうよ」ジルの微笑は、遮断された陽射しのかわりになるほど明るかった。「ご主人さまはやさしかったわ。お菓子や小物をくれて、あたしの気分がよくないときでもきれいだって言ってくれた。ジャックは大事な博士と閉じこもって、ぜんぜんおしとやかでもお行儀よくもないことをしてたけど、あたしはご主人さまと高い塔にいて、いろいろすてきなことを教えてもらったの。すてきな、すばらしいことをね」

「ここに戻ってくることになって残念ね」ナンシーは言った。

ジルの笑顔が消えた。ナンシーの言葉を払いのけるように手をふって答える。「ずっとじゃないもの。ご主人さまはジャックを追い出したかったの。あの世界にいるのにふさわしくなかったから。だからこっちの世界への扉がひらくように手配したんだけど、あたしがうっかり続けて落ちちゃったの。ご主人さまはあたしが戻れるように扉をあける方法を見つけてくれる。いまにわかるわ」立ちあがってパラソルをくるくるとまわす。「ごめんなさい。行かないと」それから、ナンシーがさようならと言うのを待たずに背を向け、すたすたと歩いていってしまった。

「そしてあれが、みなさん、時としてアダムズの双子を一般人の中に出さないようにしている理由なのですよ」という声がした。ナンシーは目をあげた。木の高い枝のひとつに腰かけていたケイドが、皮肉っぽく下に手をふってみせた。「よう、不思議の国のナンシー。ひとりで泣くところを探してたんだったら、選んだ場所が悪かったな」

「誰も外にいないと思ったの」ナンシーは答えた。

「こっちの世界では外に駆け出すより部屋の中に隠れる可能性が高いからだろ?」ケイドは本を閉じた。「問題はな、おまえがいるのは、論理的な選択のしかたを学んだことのない連中のための学校だってことだ。だからみんな、ひとりになりたきゃいちばん高い木だのいちばん深い穴だのに逃げてくんだよ。そういうところは数がかぎられてるから、結局長々と一緒に過ごすはめになるわけだ。泣いてるってことは、オリエンテーションがうまくいかなかったんだな。あててみようか。ランディが雷に二回打たれることはないって話をしたんだろ」

ナンシーはうなずいた。口はひらかなかった。もう声を出せる自信がなかったのだ。

「まあその通りだよ、おまえが向こうの世界に追い出されたんだったら」

「追い出されてないわ」ナンシーは抗議した。結局、本当に必要ならしゃべれるらしい。「あることを知ってきなさいって戻されただけ。わたしは帰るんだから」

ケイドは同情の目を向け、反論はしなかった。「プリズムはもう俺を連れ戻してくれない」かわりにそう言う。「見込みがあるとかないとかじゃなくて、絶対ありえないってことだ。あいつらの望むような存在じゃないのがわかったとき、俺は規則を破ったんだ。あの連中はものすごく規則にやかましいからな。けど、エリノアは何度も戻ってる。あの人の扉はまだひらいてるんだ」

「だったら……あの、どうして……」ナンシーは頭をふった。「どうしてあの人はやめたの? まだ扉がひらいてるんだったら、なんでここに、わたしたちのところにいるの、あっちの、自分の世界じゃなくて?」

ケイドは両脚をくるんとまわし、枝の同じ側に突っ張るようにして木からとびおり、楽々とナンシーの前に着地した。体をのばして言う。「この話はずっと昔のことで、あの人の両親もまだ生きてたんだ。エリノアは両方とも手に入ると思った。行ったりきたりして、父親を悲しませずになるべく長いあいだ本当の故郷で過ごせるってな。ただ、ナンセンスで大人はうまくやれないことを忘れてた。たとえそういうふうに育てられてもだ。ここに戻ってくるたびにあの人は少しずつ成長した。ある日、あっちへ戻って、あやうく死にそうになるまで。それがどういうことか想像がつくか? 家へ帰るはずの扉をあけたら、もうそこの空気が吸えないのがわかったようなものだぞ」

「それってひどい」ナンシーは言った。

「そうだろうな」ケイドは向かい側に腰をおろし、あぐらをかいた。「もちろん、あの人はもう、変化するのに充分なぐらいナンセンスで過ごした。年をとるのが遅くなったんだ――だからあんなに長く元気でいられるんだろうな。この前町に出かけたとき、ジャックが記録簿を調べたら、エリノアが百歳近いのがわかった。俺はずっと六十代だと思ってたよ。そのことを本人に訊いてみたら、なんて言ったと思う？」

「なに？」ぞっとしつつも興味をかきたてられて、ナンシーはたずねた。冥界《めいかい》で変えられたのは髪だけではなかったのだろうか。周囲のすべてが枯れて死んでいく一方で、永遠に変わることなく同じ姿で生き続けるのだろうか？

「エリノアはな、ただ母親と父親みたいにぼけるのを待ってるんだって言ったんだよ。それだけ頭がぼんやりすれば、またナンセンスに耐えられるようになるからって。なんで戻らないのか忘れるまでこの学校を続けて、そのあと、本当に戻ったときにはそのまま残れるってさ」ケイドは頭をふった。「頭がいいのかいかれてるのか悩むな」

「どっちも少しずつあるのかもね」とナンシー。「わたしだって帰るためならなんだってするわ」

「ここの生徒は大半がそうだろうな」ケイドが苦々しく言った。

ナンシーは躊躇《ちゅうちょ》してから言った。「ランディは、戻りたくない人たちのために姉妹校があるって言ってたわ。忘れたい人たちのために。どうしてあなたはそこじゃなくてここに入ってるの？　そっちのほうが幸せかもしれないのに」

「だけどな、俺は忘れたくないんだよ」とケイド。「俺ははざまにいるんだ。なによりもプリズムのことを憶えていたい。空気の味わい、音楽の響き方。あそこではみんな、ちっちゃい子どもでもかっこいいバグパイプを吹いてた。教わるのはそうだな、二歳ぐらいからで、それが話をする手段のひとつなんだよ。バグパイプをおろさずに会話がまるごとできるんだ。俺はあそこで育った。たとえほうりだされてもう一度子どもからやり直すはめになったとしてもな。自分が誰なのかあそこで見つけたんだ。キャベツ色の髪と蛾《が》の翅《はね》色の目をした女の子にキスしたら向こうも応えてくれて、最高だった。金を払ってもらっても帰るもんかって思ってても、自分の身に起きたことのたった一秒だって忘れたいわけじゃない。プリズムに行かなかったらいまの俺はなかった」

「ああ」ナンシーは言った。もちろん筋は通っている。ただ、いままで考えてみなかった角度だというだけだ。頭をふる。「これってなにもかも、わたしが思ってたよりずっと込み入ってるみたい」

「ああ、ほんとうにそのとおりだ、お姫さま」ケイドは立ちあがって手をさしだした。「こいよ。学校まで送るから」

ナンシーは逡巡《しゅんじゅん》してから腕をのばし、さしのべられた手をとってケイドに助け起こしてもらった。「わかったわ」と言う。

「おまえ、笑うとかわいいな」木立からナンシーを連れ出し、本館のほうへ戻りながらケイドは言った。どう返事をしたらいいかまったく思いつかなかったので、ナンシーはひとことも口にしなかった。


必修授業は驚くほど退屈で、町から車でやってくるさまざまな大人とランディ、ミス・エリノアが余分なことを加えずに教えていた。州で規定されている事柄をそのまま示した図表があって、全員が教育的な意味でバランスのとれた食事と同じものを与えられているのではないか、とナンシーははっきり感じた。

選択科目はいくらかましで、音楽と美術、そして「一旅行者による大コンパスの歴史」と呼ばれる科目だったが、それはさまざまな門の世界と互いの関係についてのものなのではないかとナンシーは推測した。ためらいがちに選択肢を検討したあと、登録する。もしかしたら講義要綱を読めば、自分の冥界がどこに位置するのかもっと書いてあるかもしれない。

　私家版の教科書の序章を読んでみても、まだ混乱していた。いちばん普通の方向は通常ヴァーチューと組み合わされるナンセンスと、通常ウィキッドと組み合わされるロジックだった。めまいがするようなスミの世界は高ナンセンスだ。ケイドのプリズムは高ロジック。このふたつを基準にすると、あの冥界はロジックらしいと判断する——一貫性のある規則があり、それに従うよう期待されているからだ。しかし、なぜ死者の王が支配しているからというだけで実際にウィキッドとみなされるべきなのかわからない。ヴァーチューのほうが可能性が高そうだ。最初の実質的な授業は二日後だった。待ちきれないほど長く感じるがあっという間でもある。

　一日目の終わりまでにはへとへとになっていた。どう考えても限度を超えて頭がぱんぱんになっている。数学や歴史のような日常の科目や、生徒仲間との会話に必要なとめどなく増える語彙《ごい》でくらくらした。ひとり、茶色のおさげと分厚い眼鏡の内気そうな少女は、自分の世界がコンパスの下位の二方向、高詩韻《ライム》と高直線性《リニアリティ》の中心にあると打ち明けてきた。ナンシーはそれに対してどう答えたらいいかわからなかったので、なにも言わなかった。時間がたてばたつほど、そうするのがいちばん無難な選択だという気がしてきていた。

ナンシーが部屋に入っていったとき、スミは自分のベッドに座り、あざやかな色のリボンをいくつか髪に編み込んでいた。「酒盛り中のシジュウカラみたいに疲れてるね、ちっちゃい幽霊ちゃん？」と訊いてくる。

「どういう意味で言ってるかわからないから、そのままの意味だと思っておくわ」とナンシー。「ええ。すごく疲れた。もう寝るわ」

「エリー・エリノアはあんたが疲れてるだろうって思ってたよ」とスミ。「新入りはいつもそうだから。今日はセラピーを休んでいいって言ってたけど、サボり癖をつけちゃだめだって。言葉は立ち直るまでの重要な部分なんだよ。言葉、言葉、言葉」鼻に皺《しわ》を寄せる。「あんなにいっぱい言葉を思い出すように頼まれてさ。しかも全部言われた通りの順番で、みんなあんたに伝えるんだよ。あんた、ナンセンスなんかじゃないでしょ、幽霊ちゃん？　ナンセンスだったらそんなにたくさん言葉をほしがらないもん」

「ごめんなさい」とナンシー。「わたしは一度も……あなたが行ったような場所からきたって言ってないけど」

「思い込みはあらゆる破滅のもとだからね。あんたはエリノアが押しつけようとしたルームメイトの中じゃましなほうだよ、ここに置いとくことにする」スミはうんざりしたように言った。立ちあがり、ドアのほうへ歩いていく。「ぐっすりおやすみ、幽霊ちゃん。じゃあ朝にね」

「待って！」声をかけるつもりはなかった――ただ言葉がするりと口から出てしまったのだ。そう思うとぞっとした。自分の静けさがむしばまれつつある。この動きに満ちたおそろしい世界にあまり長くとどまっていたら、二度と戻れなくなってしまう。

スミがこちらをふりかえり、首をかしげた。「今度はどうしたいの？」

「わたしはただ知りたくて――あの、ちょっと思っただけ――あなたは何歳？」

「ああ」スミはまた向きを変え、ドアまで行きついた。それから、廊下をのぞきこんだまま言う。「見かけより年がいってて、本当の年齢より若い。あたしの肌は解けない謎で、大切なものすべてを手放してさえ答えは手に入らない。あたしの窓は閉じかけてるよ、それが訊きたいんだったらね。毎日起きるたびに少しずつまっすぐになって、少しずつ頭がはっきりしてきてる。そしていつかあたしは、〝どってもすてきな夢を見たんですよ〟って、本気で言う人たちの中に入る。見つけられる途中でなにを失ったか知ってるぐらいには年とってる。これがあんたの知りたいこと？」

「いいえ」とナンシー。

「残念」スミは言い、部屋を出ていった。後ろ手にドアを閉めていく。

ナンシーはひとりで服を脱ぎ、着ていたものを床に落とすと、部屋に一枚しかない銀色の鏡の前に裸で立った。電灯の光が強く皮膚を照らしている。スイッチを押し、鏡に映った姿がまじりけのない大理石に変わり、硬くゆるぎない石になったのを見てほほえんだ。ぴくりとも動かず一時間近くそこに立っていたあと、ようやく眠れるという気分になって、裸のままシーツのあいだにすべりこんだ。

目覚めたのは、部屋にあふれる陽射しと金切り声のせいだった。

死者の殿堂で金切り声はめずらしくなかった。意味を解読する技があったほどだ――歓びの声、苦痛の悲鳴、無情な永遠を前にして退屈しきった叫び。いまのは恐怖と不安の金切り声だった。ナンシーは即座にベッドから転がり出ると、ベッドの足もとに投げ出してあったネグリジェをつかみ、頭からかぶった。素っ裸で走っていって危険かもしれないものに出くわす気にはなれない。どこにも走っていきたくはなかったが、まだ悲鳴は続いており、駆けつけるのがふさわしいように思われた。スミのベッドはからっぽだった。走りながら、スミが叫んでいるのかもしれないという考えが心をよぎったが、すぐに却下する。スミは悲鳴をあげるタイプではない。ほかの人々に悲鳴をあげさせるほうだ。

廊下に六人ほどの少女が集まって、フランネルと絹で越せない壁を築いていた。その真ん中へ分け入ったナンシーは、その場で凍りついた。あまりにも完璧に、徹底的に静止したので、ほかの状況だったら誇らしく思ったに違いない。現実には、きちんとした静止状態というより、蛇に出会うと予測してかたまったウサギのように感じられた。

金切り声の原因となったのはスミだった——それだけは歴然としていた。目を閉じて壁の下のほうにぐんにゃりともたれかかっている。呼吸はしておらず、両手——その器用な、決して動きを止めない両手——が手首で切断されて消えていた。

もう二度と結び目を作ることも、毛糸であやとりをすることもないだろう。誰かがそれを盗み取ったのだ。誰かがすべてを盗み取った。

「ああ」ナンシーはささやいた。その響きはなめらかな水溜まりに石を投げ込んだようだった——小さくても、道筋のあらゆるものにふれて波紋を描いていく。少女のひとりがぱっと向きを変え、ミス・エリノアを大声で呼びながら走っていった。もうひとりがすすり泣きはじめ、背中を壁に押しつけると、スミの残酷な物真似のようになるまでずるずると床に沈み込む。ナンシーは立つように声をかけようかと考え、やめておいた。死を目の前にした悲嘆について自分になにがわかる？　これまでに会った死者はみんなとても感じがよく、もう実体を持っていないという事実にそれほど不便を感じていないようだった。スミは冥界にたどりつき、死者の王にナンシーはまだ確信を持てるかどうか見きわめようとしているところだと伝えてくれるかもしれない。努力していると聞いたら王はきっと満足してくれるだろう。

　自分が冥界からやってきた直後にルームメイトが死ぬというのは不審に見える可能性がある、と遅ればせながら気づいた——みんなナンシーが生者より死者を好むと考えるか、どちらかが相手を殺すというエリノアの発言が警告だったと思うかもしれない――だが、実際にスミに手を下していない以上、気をもむのはやめよう。心配しなくてはならないことはほかにある。たとえば、呼びに行った少女とランディに両脇をはさまれて、廊下を走ってくるエリノアとか。ランディはおばあちゃんが着るようなフランネルのネグリジェを着て、髪にカーラーをつけていた。滑稽《こっけい》な光景になりそうなものだが、なぜか悲しげに見えただけだった。

少女たちは左右に分かれてエリノアを通した。スミの数フィート手前で立ち止まったエリノアは、片手で口を覆い、目に涙があふれた。「ああ、かわいそうに」とつぶやき、膝をついてスミの首筋に指を押しあてる。それは形だけだった――死んでからかなりたっているのはあきらかだ。「誰がこんなことをしたの？　あなたにこんな真似ができるのは誰？」

何人かの少女がふりかえってナンシーを見たが、どういうわけか意外ではなかった。自分は新入りだ――死者にふれられた存在だ。無実だと抗議しようとはしなかった。ただ両手をあげ、白く汚れのない肌を見せる。共通の洗面所のひとつで、誰にも見られることなく、これほど完全に血を洗い流すのは不可能だった。真夜中でさえ、爪の中の血をすっかりとるほどごしごしこすれば注意を引く。その時点でおしまいだ。

「気の毒に、ナンシーをそっとしておきなさい。これをやったのはこの子ではありません」エリノアが言った。涙をぬぐってからランディに腕をさしのべ、助け起こしてもらう。「いやしくも冥界の娘なら、あの神聖な殿堂にみずからの場所を得ていない者を殺したりはしませんからね。そうでしょう、ナンシー？　いつか殺人者になるとしても、知り合って二日で殺すことはありませんよ」その口調は悲哀に満ちていたが、同時にいたって事務的でもあった。ナンシーがいつか友人を虐殺し出すかもしれないということに本気で関心があるわけではない、というかのようだ。

いまここでは、たぶんそのとおりなのだろう。ランディがどこかから——リネン室だ、これだけ大きな館ならリネン室があるはずだ——とってきたシーツでスミの体を覆った。手首から流れた血がたちまち生地にしみこんだが、髪にリボンを編み込んだ動かない少女を見るよりはいくらかましだった。

「なにがあった？」

ナンシーは横を見やった。ジャックが隣に姿を現していた。シャツの襟がひらき、蝶ネクタイが結ばれないまま左側にぶらさがっている。着替えの途中に見えた。

「なにがあったか知らないんだったら、どうしてここにいるの?」考えてみればジャックの部屋がどこなのか知らないことに気づいて、ナンシーは訂正した。「この廊下に部屋があるなら別だけど」

「いや、ジルと私は地下で寝ている。あれこれ考慮すると、そのほうが居心地がいい」ジャックは眼鏡を直し、眉を寄せてシーツの赤い染みをながめた。「あれは血だ。シーツの下に誰がいる?」

ライムとリニアリティからきた茶色いおさげの少女がふりむいてジャックをにらみつけた。激しい憎悪のこもったまなざしに、ナンシーは思わず一歩あとずさった。

「知らないような言い方しないでよ、この人殺し」少女は吐き捨てた。「あんたがやったんでしょ?　これってアンジェラのモルモットに起こったこととまるっきり一緒じゃない。あんたはメスを使わずにいられないのよ」

「言っただろう、あれは文化的な行き違いだ」とジャック。「あのモルモットは共用の場所にいたから、ほしければ誰でももらっていいと思ったんだ」

「あれはペットだったのよ」少女はぴしゃりと言った。

ジャックはどうしようもないという顔で肩をすくめた。「私はもと通りにしようと申し出た。辞退したのはアンジェラだ」

「新入り」その声はケイドのものだった。視線を向けると、ナンシーの部屋のほうへ顎をしゃくる。「そっちのアダムズにおまえの部屋を見せてやったらどうだ？俺はもうひとりのほうが顔を出して面倒を起こす前につかまえてみる」

「またもや松明《たいまつ》をふりかざして怒り狂う群衆に遭遇するのを避けるためならなんでも」ジャックが言い、ナンシーの手をつかんだ。「部屋を見せてくれ」

依頼というより命令に聞こえた。ナンシーは逆らわなかった。この状況では、ていねいに頼めと要求するより、ジャックを少女たちの視界から出して、できれば忘れてもらうほうがずっと重要だという気がしたからだ。向きを変え、急いで出たせいで少しあいたままになっている自分の部屋のドアまでジャックをひっぱっていくと、中に入った。

室内に入ったとたん、ジャックはナンシーの手を離し、ポケットからハンカチを出して指を拭いた。ナンシーの驚いた顔を見て、頬を紅潮させる。「信じるのは難しいかもしれないが、誰も異世界への旅から無傷では戻れない、この私でさえ」と言う。「私はおそらく、自然界とそのさまざまな驚異を少々意識しすぎているきらいがある。そうした驚異の多くは、大喜びで体の皮膚を溶かしたがるものでね。気味の悪い研究室でおかしな針金に死体をつないでいる連中がいるだろう？　彼らが普段手袋をはめているのには理由がある」

「あなたが行った世界がどんなふうだったのか、どうもわからないの」ナンシーは言った。「スミの世界はキャンディばっかりで、まるっきり意味がわからなかったし、ケイドは戦いかなにかに行ったみたいだけど、あなたの話す世界とジルの話す世界はほとんど一致してないみたい」

「それは、われわれが経験した世界がほとんど一致していないように感じられたからだな、同じ場所であるにもかかわらず」とジャック。「うちの両親は……〝高圧的〟と言っておこうか。なんでも常にきっちり箱にしまっておきたがるたちだった。われわれが一卵性双生児だという事実を本人たちよりいやがっていたのではないかと思う」

「でも、あなたたちの名前は――」

ジャックは大きく肩をすくめ、ハンカチをまたポケットにしまいこんだ。「子どもの人生をだいなしにする機会を進んで逃すほど取り乱してはいなかったのでね。

両親とはそういう意味で特別なものだ。どういうわけか、あのふたりは二卵性双生児を期待していた。ひょっとしたら男女の双子で即席の完全な家族という高い目標を立てていたのかもしれない。かわりにわれわれを授かったわけだ。完璧主義者ふたりが一卵性双生児の〝りこうなほう〟と〝かわいいほう〟を決めようとするところを見たことがあるか？　勝ち取ろうとしている賞品が自分の人生でなければおかしかっただろうな」

　ナンシーは眉を寄せた。「あなたたちはそっくりじゃない。どうやったらふたりともきれいって見るんじゃなくて、ジルがかわいいほうだって思えるの？」

「ああ、ジルはかわいいほうではなかったよ。ジルはりこうなほうになった。そのための予想や水準にかなうことを期待されてね。私がかわいいほうだった」ジャックは口もとをゆがめてちらりと苦笑いした。「ふたりともレゴをねだればジルは科学者や恐竜をもらい、私は花屋をもらった。ふたりとも靴をほしがればジルはスニーカーで私はバレエシューズだ。もちろん両親はこちらに訊いたりしなかった。よちよち歩きのころ、たまたま私の髪のほうが梳《と》かしやすかった日があった——たぶんジルの髪にジャムでもついていたんだろう——それでぽんと役割が決まったんだ。

そこから抜け出すことは決してできなかった。ある日、古いトランクをあけて内側に階段を見つけるまで」

ジャックの声が遠い響きを帯びた。ナンシーは口をひらかず、息をひそめるようにしてじっと動きを止めた。この話を聞きたければさえぎってはいけない。ジャックが壁をにらんでいる様子から、一度しか機会はないとわかっていた。

「われわれはもちろん、そんなところにあるはずのない謎の階段をおりていった。トランクの底にのびているありえない階段をおりない者がいるか？　ふたりとも十二歳だった。好奇心に満ちていて、両親にも、お互いにも腹を立てていた」ジャックはすばやく力まかせにひっぱりながら、蝶ネクタイを結んだ。「おりていくと、下には扉があり、扉には表示があった。ふたつの単語だ。〝確信を持て〟。なににについて？　われわれは十二歳だった、なにひとつ確信なんか持っていなかった。だから通り抜けた。その向こうは山々と荒々しい海にはさまれ、無限に広がっているような荒野だった。それにあの空！　あれほど多くの星も、あれほど真っ赤な月もそれまで見たことがなかった。ドアは背後でばたんと閉まった。たとえそうしたくとも戻れなかったはずだ――しかも戻りたくはなかった。われわれは十二歳だったんだ。たとえ死ぬことになろうと冒険に出かけただろう」

「そうしたの？」ナンシーはたずねた。「冒険に出たって意味よ」

「もちろん」ジャックは淋《さび》しげに言った。「そのうえ死にもしなかった。ともかく永久には。だが、それでなにもかも変わった。私はついにりこうなほうの双子になった。ブリーク博士は人体に関して知っていることをすべて教えてくれた。細胞組織を再結合させ、ふたたび生気を吹き込むやり方を。私はこれまで持った中で最高の弟子だと言ってくれた。信じられないほど有能な手を持っていると」生まれてはじめて見たかのように指を見つめる。「ジルは別の方向に行った。われわれの行った世界は……ほぼ封建主義で、村や荒野や保護領に分かれ、それぞれ領主か女領主が権勢をふるっていた。われわれのご主人は何世紀も年を重ねた吸血鬼で、幼い少女に目がなかった――そういう意味ではなく！　決して不適切な意味合いではなかった。ブリーク博士でさえあの方にとっては子どもで、ご主人は子どもをそんなふうに考えるような男ではなかった。しかし、生きるために血が必要だったのは事実だ。あの方はジルにたくさんの約束をした。いつか自分の子どもになり、ともに統治できると言った。おそらく、われわれに対処することがあれほど重要だったのはそのせいだろう。村人たちが城へ押し寄せてきたとき、ご主人は私と一緒に研究室に隠れるようにとジルを送ってよこした。ブリーク博士は……その、とどまるのは危険だと言い、扉をひらいた。ふたりとも去りたくなかったが、私は必要性を理解した。なにがあろうと科学者のままでいて、いつの日か博士のもとに戻る道を見つけると約束した。ジルは――ジルに扉をくぐらせるには鎮静剤で落ちつかせなければならなかった。われわれはあの古いトランクの中に戻っていることに気づいた。蓋《ふた》が半分閉まり、階段は消えていた。私はそれ以来ずっと、ふたりとも戻る道をひらく式を探し続けている」

「ああ」ナンシーは小声で言った。

ジャックはまたあの皮肉な微笑を浮かべた。「マッドサイエンティストの弟子として五年間過ごすと、世界に対する見方が少々変わる。思春期を二回経験しなければならなかったことをケイドがひどくいやがっているのは知っている――不公平だと思っているのだろうし、彼にとってはその通りだろう。性別違和はひどくつらいものだ。だが、私はむしろそちらのほうがよかった。われわれはあのトランクに入ったとき十二歳だった。出てきたときには十七になっていた。ひょっとしたら、ふたりで分かち合った夢から覚め、そのまま中学にほうりこまれていたなら、この愚かしくも色あざやかな、心のせまい世界に適応することができていたかもしれない。そのかわりにわれわれは階段をおりていき、四歳の弟と夕食をとっている両親を見つけた。その弟は生まれたときから、双子の姉たちは死んだと聞かされていた。行方不明ではない。それでは面倒だからな。われわれが面倒を引き起こすなど、とんでもない話だ」

「どのくらいここにいるの?」ナンシーはたずねた。

「ほぼ一年だ」とジャック。「おやさしいママとパパは、家に戻ってからひと月のうちにわれわれを寄宿学校へのバスに乗せた。大切な息子と同じ屋根の下に置くことに耐えられなくてね。息子のほうは天から稲妻《いなずま》がくねくねとおりてくるさまをながめたり、電気ショックで美しい死体を生者の領土へ呼び戻したりといった異常な話をしないからな」そのまなざしが夢見るようにやさしくなった。「あちらでは規則が違ったのだと思う。なにもかも科学ではあったが、その科学は神秘だった。なにが可能かどうかは関係なかった。なされるべきかどうかが問題で、答えは常に、常に肯定だった」

ドアをノックする音がした。ナンシーとジャックはふたりともふりむき、ケイドが室内に首を突っ込んでいるのを見た。

「だいたいみんないなくなったけど、訊いておかないとな――ジャック、おまえスミを殺したのか？」

「君に疑われたことは不快に感じないが、二本の手のために殺したと思われるのは腹が立つ」ジャックは言った。ふんと鼻を鳴らして肩をそびやかす。急に傲然《ごうぜん》として見え、ナンシーは気づいた。ジャックの超然とした態度の多くは見せかけで、外界を少しだけ遠ざけておくためのものなのだ。「私がスミを殺したなら、死体を発見されることなどなかった。体のすみずみまで有効に使い、人々は何年も、とうとうキャンディ国に戻る扉をこじあけることに成功したのかと首をひねることになっていただろう。残念ながら、私は殺していない」

「あいつはキャンディ国じゃなくて菓子の国って呼んでたけどな、言い分はわかったよ」ケイドは部屋に入ってきた。「全員が落ちつくのを待ってるあいだにセラフィーナとロリエルがジルを静かな場所へ連れていった。エリノアが市の検視官を呼んでるあいだ、俺たちは自分の部屋にこもって顔を見せるなってさ」

ナンシーは身をこわばらせた。「わたしたち、これからどうなるの？」とたずねる。「追い出されたりしないんでしょう？」家には帰れない。両親に愛されていることに疑う余地はないが、その愛情はスーツケースをはなやかな色でいっぱいにしたり、しょっちゅう地元の少年たちとのデートをお膳立てしたりするようなものだった。ふたりの愛情はナンシーを回復させたがり、娘が病気ではないという現実を直視することを拒んでいるのだ。

「エリノアは長いあいだここにいる」ケイドは言った。ドアを閉じる。「スミの保護者だから、親がからむことはないし、地元の関係機関はどういう状況だかわかってる。今回のことでうちの学校が閉鎖されないようにできるだけのことをするさ」

「そもそも連絡しないほうがよかっただろうに」ジャックが鼻を鳴らした。「死亡は報告されなければ行方不明と変わらない」

「ほら、そういうことを言うから友だちがろくにできないんだよ」とケイド。

「しかしスミはそのうちのひとりだった」ジャックは応じた。向き直って室内のスミの側をながめる。「家族がいないなら、スミの持ち物はどうすればいい？」

「屋根裏に保管場所がある」とケイド。

「じゃあ、箱に入れないと」ナンシーはきっぱりと言った。「どこで箱がもらえるの?」

「地下だ」とジャック。

「一緒に行く」とケイド。「ナンシー、おまえはここにいろ。誰かに訊かれたら、俺たちはすぐ戻るって言えよ」

「わかった」ナンシーは答え、ふたりが立ち去ったあとぴたりと動きを止めた。じっと待つしかすることはない。静止状態には安らぎがあった。この熱くせわしく、しばしばおそろしい世界のどこにも見出せない静けさが。目を閉じてつまさきまで息を吹き込み、動かずにいることだけに専念する。スミの姿がひらめいては集中を乱し、膝がふるえたり指がひきつったりするのを抑えるのが難しかった。その光景を押しやり、静けさを求めて呼吸し続ける。

まだその境地に至らないうちにふたりが戻ってきて、ドアがばんとひらくと同時にケイドが宣言した。「世界をまるごと箱詰めできるぞ!」

ナンシーは目をあけてそちらを向き、どうにか笑顔を作った。「わかったわ」と言う。「仕事を始めましょう」

スミの持ち物は本人がそうだったように混乱をきわめていた。めちゃくちゃな状態でベッドと鏡台のまわりに積みあげられている。飴《あめ》細工の本はまとめてジュニア用ブラで縛ってあった。トランプのあいだからはみでた薔薇《ばら》の花束がベッドの下に押し込まれ、その隣にはとてもスミが着たことがあるようには見えないひらひらした青いドレスと、賞味期限を一カ月ほど過ぎているローストビーフサンドがある。作業にかかる前に手袋をはめたジャックは、文句も言わずに汚れていたり生物学的に問題があったりするものを処分した——どうやら潔癖なのはむきだしの皮膚のときだけらしい。ケイドはスミの服をよりわけ、きちんとたたんでから箱にしまった。きっと、全部またあの大量の衣類の中に戻されるのだろう。ナンシーはそれでいいと思った。スミはほかの人が自分の服を着ても気にしないだろう。たぶん生きているあいだも気にしなかったのではないだろうか——死んだいまではなおさら反対するはずがない。

気がつくとナンシーは、それ以外のごみでも布地でもないものを処理することを引き受けていた。ベッドの下から何箱もの折り紙と刺繍《ししゅう》糸を掘り出す——スミの手先が器用だったのは歴然としていた——それを片側に押しやり、なおも掘り返し続ける。探った手が靴箱にあたった。ひっぱりだして座り込み、蓋をあける。床に写真があふれだした。会ってからの短すぎる期間で知った、ちぐはぐな服ともつれたおさげのスミを写した数枚がある。ほかの写真にはまじめくさった悲しげな瞳の少女が写っていた。学校の制服姿で、ときにはヴァイオリンをかかえ、ときにはなにも持っていない。その動かない写真から、この少女が見過ごされること、彫像であることの長所を理解していることが見てとれた。しかしその静けさはあきらかに、ナンシーのようにみずから選んだわけではなく、押しつけられたものだった。ある日、幸せになるチャンスをつかめる世界へ続いているかもしれない扉をあけるまでは。

スミの孫娘は決してキャンディコーンの農夫の墓へ行くことはないのだ、と気づくと、もう取り戻すことのできないものを悼《いた》む涙を必死で抑えなければならなかった。スミは死者の殿堂へ行き、もしかしたらそこで幸せになるかもしれない。だが、生者の世界でするはずだったことはもはやすべて失われた。心臓が止まったときに不可能になってしまったのだ。死は貴重なものだ。だからといって生が有限であるという事実は変わらない。

「かわいそうに」ケイドが身をかがめてナンシーの動かない指から写真をとりあげると、つかの間ながめてからシャツの中に入れた。「これはここから出そう。あいつがいなくなったのに見なきゃいけないなんておかしいんだ」

「ありがとう」その写真を見る前には考えられなかったほどの熱意をこめてナンシーは言った。スミの人生は終わってしまった。不公平だ。

三人で協力して作業したため、一時間足らずでスミの所有物を屋根裏へ移し、通常よりたくさんあるように見える使われていない棚や埃《ほこり》っぽい隅に箱を収納できた。それが終わるとジャックは手袋を外し、新しいハンカチで念入りに指を拭きはじめた。ケイドはシャツの中から写真をひっぱりだし、掲示板に画鋲《がびょう》でとめた。その横にはナンシーが知っていたスミの写真があった。きらきら光る目とさらに明るい笑顔がまぶしく、まるで動いている最中に撮ったかのように両手が少しぼやけている。

「おまえが気にしなければ、今晩は一緒にいる」ケイドが言った。「あの部屋にひとりで寝るのは物騒な気がするからな」

「君が気にしようがしまいが、私は今晩一緒にいないよ」とジャック。「あの部屋は陽射しが入りすぎるし、ジルは私がいないと眠りながら歩く傾向がある」

「あいつをひとりにしとくのはまずいぞ」とケイド。「気をつけろよ、いいか？　責める相手を探してる連中は大勢いるし、おまえはこの学校でいちばん身代わりにしやすい」

「前々からなにかでいちばんになりたかったよ」ジャックは冷静に言った。

「よかったな」とケイド。「じゃあ時間を守れってランディから説教される前に授業に行くことでいちばんになれよ」

三人はぞろぞろと屋根裏から出た。ナンシーは掲示板にとめたひっそりと動かないスミの写真をふりかえった。それから電気を消し、ドアを閉めた。

5　当面の生存者

　午前中の授業はとりやめになり、午後から再開された。授業を再開するのはまだ早いのかもしれなかったが、学校じゅうの生徒が不安でそわそわしている状況ではほかにどうしようもなかった――普段通りのことをしていれば、スミの殺害の影響を受けてふらふら出歩いたり死ぬほどおびえたりすることもない。そうしていても空気がはりつめていた。宿題は忘れられ、黒板に書いた質問に答えはないままで、教師たちでさえどう見ても心ここにあらずといった様子だ。誰かが死んだあと通常に戻ることは決して簡単ではない。その誰かがむごたらしく殺されたとなれば打つ手がなかった。

　夕食はさらにひどかった。ナンシーがジャックとジルの向かいに座っていると、茶色いおさげの少女がテーブルに歩み寄ってくるなり、スープをジャックの頭の上にぶちまけた。「あらら」と一本調子に言う。「手がすべっちゃった」

ジャックはみじろぎもせず座ったままで、スープが額からしたたり落ちて鼻を伝っていた。ジルが息をのんでぱっと立ちあがる。「ロリエル！」という金切り声で、食堂のほかの会話がいっせいに中断した。「よ、く、も、こんなこと！」

「うっかりしたのよ」とロリエル。「そこにいるあんたの双子が〝うっかり〟アンジェラのモルモットを解剖したり、〝うっかり〟スミを殺したみたいにね。絶対つかまるから、わかってるでしょ。白状すればなにもかもずっと早くすむのに」

「あんたにひっかける前にロリエルはそれにくしゃみしてたよ」少女の連れが心配そうなふりをしてジャックに言った。「知りたいかと思って」

ジャックはぶるぶるふるえだした。それから、まだスープをぽたぽたたらしたまま、テーブルから勢いよく離れてドアのほうへ走っていく。残されたジルがあとを追った。生徒の半分がどっと笑い出し、もう半分は無言で満足そうにその姿を見送った。ジャックにみじめな思いをさせることならなんでも容認するつもりらしい。すでに同じ学校の生徒によって審理され、有罪とみなされたのだ。あとは法律が追いつくのを待つだけだった。

「あなたたちって最低」という声がした。ナンシーはそれが自分のものだと気づいても、あまり驚かなかった。葡萄《ぶどう》とカッテージチーズの夕食をほとんど食べないまま残し、椅子を後ろに押しのけると、ふたりの少女をにらみつける。「あなたたちは最低な人間よ。同じ扉を通らなくてよかった、だって、訪れた人になんの礼儀も教えない世界へ行くなんてぞっとするもの」背を向けて大股で歩き出す。顎を高くあげ、スープの跡をたどって食堂を出ると、地下への階段まで廊下を進んでいった。

「ゆっくり歩いてるのに進むのは速いな。それはどうやってやるんだ？」階段のてっぺんで追いついてきたケイドが言った。ナンシーの視線を追って暗がりを見おろす。「そこがアダムズの双子の住みかだよ。おまえの部屋にしばらくいたんだ、前に地下にいたやつが卒業するまでな」

「その人は同じ世界に行ってたの？」

「いや、モグラ人の種族のところだった。そいつは自分は陽射しや海水浴が好きだって気がついて、なんていうか、戻ろうとするのをやめたんだと思う」

「ああ」ナンシーはためらいがちに一歩おりた。「ジャックは大丈夫？」

「ジャックは汚れてるのが好きじゃないからな。あいつらには専用のバスルームがあるんだ。セラピーが終わる前にはすっかりきれいになって、あの少々潔癖すぎる絶好調の状態に戻ってるさ」ケイドは頭をふった。「ただ、これですむといいんだけどな。ジャックはスープをひっかけられたぐらい対処できるし、マッドサイエンティストのもとで働いてた。あいつにとっては地元民の報復なんてたいしたことじゃない。けど、相手が暴力的になればやり返すだろうし、喧嘩《けんか》になったら言いがかりをつけたほうが正しかったって証明するだけだろ」

「こんなのひどいわ」ナンシーは言った。「うちの親の言うことを聞いてここにきたのは、わたしに起こったことはわかっている、どうやって受け入れるか学ぶのを手伝ってくれるってミス・ウェストが言ったからなのに」

「それに、自分で理解できればもう一度できるかもしれないって思ったからだろ」ケイドが言った。ナンシーは答えなかった。ケイドは苦笑した。「おい、大丈夫だよ。わかってるって。俺たちの大半は、好きなように扉をひらけるようになりたいからここにいるんだ、少なくとも最初はな。その願望が消えることもある。扉が戻ってくることもある。母国にいながら追放されて生きることにただ折り合いをつけなきゃならないってときもあるんだ」

「それができなかったら？」ナンシーはたずねた。「そうしたらどうなるの？」

ケイドは長いあいだ黙っていた。それから肩をすくめて言う。「たぶん、学校があるのは、この世界でいちばん求めるものをまだ捨ててない連中のためなんだろうな。希望を」

「〝希望〟はよくない言葉だってスミは言ってたわ」

「スミは間違ってない。さあ、こいよ。面倒なことにならないうちにセラピーへ行くぞ」

ふたりは黙々と廊下を歩いていったが、まわりの部屋に動く人影は見かけなかった。危険を避けるには誰かと一緒にいるのがいちばんだという思いつきは、異常な早さで定着したらしい。気がつくとナンシーはケイドと歩調を合わせ、もっと長い脚の動きについていこうと足を速めていた。急ぐのは好きではない。不作法だし、故郷――冥界《めいかい》では叱責を受けることになっただろう。だが、ここでは必要で、奨励されてさえいるのだから、やましく思う理由はないのだ。ナンシーはその考えにしがみつこうとしながら、ケイドと一緒にセラピーの行《おこな》われている部屋に足を踏み入れた。

誰もがふりかえってこちらを見た。ロリエルは嘲笑《ちょうしょう》を浮かべさえした。「人殺しちゃんを地下からひっぱりだせなかったわけ？」

「もうたくさんですよ、ミス・ヤンガーズ」ランディが鋭く言った。「誰がスミに危害を加えたか憶測するのはやめましょうと合意したはずです」

（いまは名前になったのね、敬称と苗字じゃなくて）とナンシーは考えた。（そんなの違う。亡くなった人は軽く扱うんじゃなくて、もっと尊重するべきなのに。死者にあるのは尊厳だけなんだから）口に出してはなにも言わず、空いている椅子まで進んで腰をおろしただけだった。ケイドが隣に座ったのがありがたかった。ロリエルの目つきがいっそうけわしくなる。ケイドをきれいだと思っているのはナンシーだけではないらしい。もっとも、ロマンチックな観点からではなく審美眼からそう考えているのは自分だけだろうという自信があった。

「自分だけ合意したんでしょ」とロリエル。「こっちはみんなおびえてるの。誰があんなふうにスミを殺すの？　しかもあとで死体を切断するなんて。気持ち悪すぎ。あたしたちにはなにが起きてるのか、どうやって身を守るか知りたいって思う権利があるもの！」

「あの汚れ方からして、傷からの出血が死因だと充分に確信がある。死体からはあれほど血が出ない」ジャックが言った。室内の全員がふりかえり、体を洗ったばかりで清潔な服を着込み、部屋に入ってきた双子に注目した。手首をボタンで留めた白いシャツにツイードのベストを重ねたジャックは、ますます古風な教授めいて見えた。ジルがまとっているのは、ナンシーならグループセラピーに着てくるものではなく、寝巻だと考えるようなクリーム色のガウンだった。「スミを殺したのが誰だろうと、科学者ではない」

「どういう意味だい？」数少ない男子のひとりがたずねた。背の高いラテン系の少年で、尺骨《しゃっこつ》に似せて彫った長い木片を指でくるくるまわしている。その姿を目にしたとき、ナンシーは妙な親近感をおぼえた。もしかしたら自分の冥界のように、影と秘密に満ちた安全な場所に行ってきたのではないだろうか。近づいて静けさや死者への敬意について話したら、理解してくれるかもしれない。

だが、いまはそのときではなかった。ジャックは横柄に鼻を鳴らし、冷静すぎる口調で質問に答えた。「私は君たちと同様、遺体を見た。何人かがスミの死の原因は私だと結論を出したことは知っている。有罪だと信じる者は、おそらく違う答えを信じようとしないだろう。私について知っていることを考えてみたまえ。私がクラスメイトを殺しはじめようと決めたら、死体を残すと思うかね？」

木の骨を持った少年が片眉をあげた。「説得力はあるね」

「説得力があるからって犯人じゃないってことにはならないでしょ」ロリエルは言ったが、熱意は冷めていた。非難の矛先《ほこさき》は現実に迎えられ、それ以上行く先がなくなってしまったのだ。腕組みしてだらりと椅子の背にもたれる。「あたしはそいつを見張り続けるから」

「いいでしょう」とランディ。「いまのところ、みなお互いを見張り続ける必要がありますからね。誰がスミを傷つけたかわかっていないのです。エリノアは警察の捜査に協力していますから、まもなくもっとわかるでしょうが、そのあいだはお互いに目を配らなくてはなりません。誰もひとりではどこにも行かないように——はい、ミス・ヤンガーズ？」

みんなの注意をふたたび引きつけたロリエルは手をおろした。「犯人がつかまる前に誰かが扉を見つけたらどうなるんですか？」とたずねる。「ひとりではどこにも行っちゃいけないからって、あたしの世界へ一緒に連れていくのは無理だし、こんなことで帰る機会を手放したりしません。絶対に」

「人と一緒にいるあいだにたまたま扉を見つけたら、扉を発見した人は向こうへ行き、残された人は別の仲間を探すということで、みな合意できると思いますが」ランディは正確さを意識した口調で言った。ランディが誰も扉を見つけるとは思っていないことにナンシーははっと気づいた。近いうちにも、ひょっとしたらずっと。ランディはとっくにあきらめている。その声音と、言葉の選び方からあきらかだった。そしてたぶんそれは当然なのかもしれない。これからどんな状況になろうと、ランディの扉は閉じている。この世界で死ぬことになるという考えに順応しなければならないのだ。

「三人組になるといいよ」骨を持った少年が言った。「それが無理なら、扉を捜さないようにするんだね」

生徒の数人が笑った。残りは不愉快そうな顔をした。ロリエルは後者のほうだった。

「あなたの扉について話してください、ミス・ヤンガーズ」ランディがうながした。

「あたしはもう少しで見落とすところだった」ロリエルは言った。その声が遠い響きを帯びる。「その扉はすごくちっちゃかったから。小さいけど完璧な形で、ポーチの電灯の下にあるまぐさ材に彫ってあったの。蛾《が》のためのドアみたいだった。あたしはただ、いったいなんなのか、扉だけなのか知りたかったから、すぐ近くまで寄って、小指の先で叩いてみた。そしたらまわりじゅうがねじれておかしなことになって、気がついたら扉の向こうのホールに立ってて、ふりかえると、信じられないぐらい大きなポーチが見えたわ。あたしが扉を通ったわけじゃない。あっちがひっぱってきたの。蜘蛛《くも》の巣国はそんなに強くあたしのことを求めてたのよ」

ロリエルの物語は壮大で不規則に広がっていく、蜘蛛の王女たちと微少な王朝の堂々たる叙事詩だった。ロリエルは以前から目がよかったが、極小の人々に仕えて一年過ごしたあとでは、目が痛くなるほど世界が拡大されるのを防ぐため、カーニバルガラスで作った眼鏡をかけなければならなかった。ロリエルは戦って勝利し、愛を知って失った。そしてついに、その国の王女となって永久にとどまらないかと塵《ちり》の女王に請《こ》われたのだ。

「あたしはそれ以上望むことはないって答えたわ。ただ、承知する前に家へ帰って両親に言わなきゃいけないって」ロリエルは鼻をぐすぐすさせた。いとしい雀蜂《すずめばち》王子の死を語るあたりで流れ出した涙は、当分止まりそうもなかった。「もう一度扉を見つけるのは難しいだろうって女王さまに言われた。いまだかつてなかったほどしっかり見ないといけないって。あたしはできるって言ったの。もう二年近くも前よ。どこもかしこも見たけど、あの扉は見つからないの」

「一度しかひらかない扉もあります」ランディが言った。室内から同意するつぶやきがあがった。ナンシーは眉をひそめ、椅子に深く身を沈めた。こんなふうに全員の過去をほじくり返し、標本をピンでとめるようにしてみんなの前にさらして、そんな言葉をぶつけるのは残酷な気がした。おそらくそのちっちゃな扉を通ってもっと小さな世界へ戻ることはないと、いまではもうロリエルもわかっているはずだ。自分でその答えを導き出すぐらいの頭はある。口に出して言うことにどんな意味があるというのだろう？

ここが自分の旅を受け入れてなつかしく思い出したい人々のための学校なら、ほかのキャンパスは絶対に見たくない。

「女王さまはあたしが戻れるって言った」とロリエル。「約束したのよ。女王は約束を守るものでしょ。あたしはもっとよく見ればいいだけ。扉を見つけたら行くわ」

「そして、ご両親は？　当然あなたは消え失せることになるけれど、その覚悟ができているのですか？」

ロリエルは鼻を鳴らした。「うちの親にはどこにいたか教えたわ――あたしにとっては一年、あっちにとっては十二日よ――そしたら、どう見てもなにかのトラウマを受けてるから信じられないって言ったのよ。おかしなことを口にしなくなるようにここへ送り込んだわけ。でも、あたしはおかしくなんかない。旅に行ってきたの。それだけなんだから」

「それも確認された世界へね」エリノアが言った。ドアのところに立っており、口と目のまわりのたるんだ皮膚には新たな疲労の皺《しわ》が刻まれていた。一日で十年も老けたようだ。「わたくしがあなたがたを探しはじめたときから、蜘蛛の巣国に引き込まれた子は五人います。そのうちふたりはこちらに戻ったあとでもう一度帰る道を見つけました。ですから、希望はあるのです。ロリエルにも、わたくしたちの誰にも。扉は隠されていますが、充分に注意していれば見つけることができるでしょう」

「エリノア」ランディが立ちあがった。「休んでいるはずだったでしょう」

「一生もつほど休みましたよ、あとは残っている必要なことをするだけの人生です」エリノアは答えた。ドアから離れて歩き出す。数人の生徒が立って空いている椅子に座るのを手伝った。エリノアはほほえみ、生徒たちの頬を軽く叩いた。「みんないい子ね――ええ、あなたさえもね、ランディ。あなたがたはみんなわたくしの子ども、そしてわたくしはあなたがたの先生、嘘をつくことを拒む唯一の先生です。だからいまはお聞きなさい。どうやら勝手に混乱して取り乱しているようですからね。

全員が扉を見つけることはないでしょう。本当に一度しか現れない扉もあります。予測することも再現することもできない、なんらかの未知の条件が集束した結果として。そうした扉は必要と共感に引き寄せられるのです。感情ではありません――このふたつによる共鳴に引き寄せられるのです。みんなが自分にぴったりの世界に引き込まれたことには理由があります。少し想像してごらんなさい、もし隣の人が語った世界に転がり込んでいたら、と」

ナンシーはジャックとジルを見やり、あの扉のかわりに双子の扉を見つけていたらどうなっていただろう、と落ちつかない気分で考えた。荒野が静けさを気にかけているとは思えない。重要視するのは服従と血だけで、どちらも自分の強みではなかった。まわりじゅうでほかの生徒たちが同じように気まずい視線を交わし合い、ナンシーにおとらずその入れ替えを不愉快に感じているようだった。

「スミは心にナンセンスを持っていました。だからそのことを押し隠すのではなく、誇れるような世界への扉がひらいたのです。それがあの子の本当の物語よ。自由になれる場所を見つけたこと。それはあなたがたの物語でもあるのよ、ひとり残らずね」エリノアは顎をあげた。その瞳は澄みきっていた。「たとえいっときだとしても、あなたがたは自由を見つけた。そして失ったとき、また見つかることを期待してここへやってきたの。わたくしもひとりひとりに対して同じことを望んでいます。誰かが消え失せたとき、ご両親に言い訳をしたいの。家出した子どもは少しでも機会があればまた逃げ出すものだとね。この世のほとんどどんなことよりも、出ていくあなたがたの背を目にしたいのよ」

いちばん望んでいることは口にする必要がなかった。その渇望、荒々しく容赦ない願望は誰もが共有していたからだ——なによりも望むのは扉と、その向こうで待っているものなのだと。だが、ほかのみんなと違い、エリノアは自分の扉がどこにあるか知っている。子ども時代へ戻る道を見つけるまで、一時的に入れなくなっているだけだ。

木の骨を持った少年が手をあげた。「エリノア?」

「ええ、クリストファー?」

「どうしてあなたの扉は残ってるんですか、ぼくたちのは全部消えたのに?」唇をかんでからつけくわえる。「そんなふうに働くのは不公平な気がします。みんな戻れるべきなのに」

「ミス・ウェストのような安定した扉は、一時的なものよりまれです」得意分野に戻ったランディが言った。「そうした扉をくぐった子どもたちの大部分は帰ってきません。最初の旅にせよ、もとの世界に短期間戻ったあとにせよ。ですから、いくつか安定した扉の記録はありますが、あなたに必要な物語と共鳴するものを見つける可能性はごく低いですよ」

「あれはどうなんですか、ほら、ナルニアは?」クリストファーはたずねた。「あの子たちはいろいろな種類の別の扉を通っていったけど、必ずあの大きなものいうライオンに行きついたじゃないですか」

「それはナルニアがファンタジーのシリーズのふりをしたキリスト教の寓話だからだよ、あほう」ほかの男子のひとりが言った。「C・S・ルイスはどんな扉も通ったことなんかないさ。どんなふうに働くかなんて知らなかったんだ。物語を書きたくて、たぶんおれたちみたいな子どもの話を聞いたんだろ、そいつででたらめをでっちあげたんだよ。作家連中はみんなそうやってるんだ。でまかせを書いて有名になった。おれたちが本当のことを言えば、親がこのうわべだけきれいな収容所にほうりこむってわけさ」

「ここではそういう言葉を使いませんよ」エリノアが口をはさんだ。その声にはきびしい響きがあった。「ここは収容所ではありませんし、あなたがたは頭がおかしいわけではありません――たとえおかしいとしてもそれがなんです？　ほんのわずかでも正常から外れたと判断した相手に対して、この世界は情け容赦なく残酷です。同じのけ者によりそい、理解と愛情を持って受け入れるべき人がいるとすれば、あなたです。あなたがた全員ですよ。あなたがたは宇宙の秘密の守り手であり、おおかたの人間が目にするどころか思いもつかないような世界に愛された人々なのです……やさしくあることが自分自身に対する義務だとわからないのですか？　お互いを思いやることが？　この部屋の外にいる誰ひとりとして、いままわりにいる人たちほどにあなたがたが経験してきたことをわかってはくれないでしょう。ここは家ではありません。わたくしはたいていの人よりそのことを承知しています。けれど、ここはあなたがたの通過点であり、安らぎの場所なのです。ですから、敬意をもって周囲の人々と接してください」

その強い視線の前に、どちらの少年もしおれかえった。クリストファーが下を向く。もうひとりの少年がぼそっと言った。「すみません」

「いいですよ。遅い時間ですし、みんな疲れているのよ」エリノアは立ちあがった。「少し眠りなさい、全員ね。簡単なことではないのはわかっています。ナンシー、あなたは——」

「今晩こいつの部屋に行くってもう言ったよ」ケイドが応じた。ナンシーは安堵の波が押し寄せるのを感じた。別の部屋に行かなければならないのではないかとおそれていたのだ。ここにきてそんなにたたないのに、すでに自分のベッドになじんできていた。

エリノアは考え込むようにケイドをながめた。「本当ですか？　あの廊下の誰かと同室になるようにして、あなたは今晩ドアに鍵をかけなさいと提案するつもりだったのよ。過大な要求ではないかしら」

「いや、かまわない。俺から言ったんだ」ケイドはちらっと微笑した。「ナンシーは気に入った、スミの友だちだしな。少し安定した状況に置くのはいいことだろうし、だったら俺が不便だろうがぜんぜん問題じゃないだろ。手助けをしたいんだよ。ここは俺の家だしな」ゆっくりと室内を見渡す。「この先いつまでも俺の家だ。俺は先月十八になった。両親は帰ってきてほしくないそうだし、たとえこっちが行きたくてもプリズムは受け入れてくれない。だからこの場所の面倒を見るのは大事なんだ。ここにきた日からずっと、俺たち全員の面倒を見てきてくれたところだからな」

「寝なさい、あなたたち」エリノアが声をかけた。「朝になればなにもかもましに見えるでしょう」

死体はうっすらと露に濡れて前庭に横たわり、上向けた顔で無情な空を仰いでいた。死者にも見る力はある、とナンシーに訊けばすぐに指摘しただろうが、この死体はなにも見ていなかった。なぜなら目がなく、眼球のあった位置に血にふちどられた黒い穴があいているだけだったからだ。両手はきちんと胸もとに重ねられ、冷えてきた指で眼鏡をつかんでいた。もはやロリエル・ヤンガーズが自分の扉を見つけることはないだろう（高さ半インチの扉は、これまでずっと実家の寝室の片隅でひっそりと待っていたのだ、養母たる塵の女王が思いつくかぎりもっとも複雑な魔法で適切な位置に保たれて――あと六カ月はそのまま残り、それから術が解かれ、女王は自室にこもって一年の喪に服すだろう）。また壮大な冒険に乗り出したり別の世界を救ったりすることは二度とない。物語における役目は終わったのだ。

日が昇り、星々がまたたいて消えるあいだ、ロリエルはそこでじっと仰臥《ぎょうが》していた。脚のそばの芝生に鴉《からす》がおりたち、用心しながら観察した。それでも動かないとみると、ひょいと膝にとびのり、罠がはねあがるのを待つ。なおも動かなかったので、空中に舞いあがり、頭部まで数フィート飛ぶと、すぐさまくちばしを左目だった血まみれの穴に突っ込んだ。

アンジェラ――解剖されたモルモットの飼い主、かつて魔法のスニーカーで虹の上を走ることのできた少女——は、ちょうどポーチに出てきたところで、眠い目をこすりながら、一緒にいるはずなのに抜け出したルームメイトを叱るつもりだった。ときどきロリエルは眠り込むまで目を閉じていられず、そうなると失われた扉を捜して敷地内をさまよう傾向があるのだ。芝生で居眠りしている姿を見つけるのはめずらしくなかった。はじめアンジェラの頭は、ロリエルの動かない体になにか異常があると認識するのを拒否した。
それから、鴉が血みどろのくちばしを眼窩《がんか》からひきぬき、アンジェラに向かってカアカア鳴きながら、腹立たしげに朝食を邪魔されたことを抗議した。アンジェラの金切り声で鴉は朝の空へぱたぱたと飛び立った。ロリエルは目覚めなかった。

6　わたしたちの埋めた死骸《しがい》

生徒全員が食堂に集められた。おおかたはアンジェラの悲鳴か職員がドアをドンドン叩く音でベッドからひっぱりだされたのだ。肩をゆさぶってナンシーを起こしたのはケイドで、虹彩《こうさい》に走っている線状細工のように繊細《せんさい》な模様が見えるほど間近に身をかがめていた。ナンシーはぱっと身を離し、赤くなってシーツを体に巻きつけた。ケイドは笑っただけで、こちらが起きて服を着ているあいだ紳士らしく背を向けていた。

いま、冷めかけているスクランブルエッグの皿を前にしてテーブルについたナンシーは、その笑い声の記憶にしがみついてる自分に気づいた。相当長いあいだ、ここでは誰も笑うことがないのではないかという気がする。もしかしたら二度とないかもしれない。

「今朝、ロリエル・ヤンガーズが前庭の芝生で亡くなっているのが見つかりました」背筋をぴんとのばして正面に立ち、体の前で手を組んだランディが告げた。いまにも壊れそうな磁器製の人形めいて見える。「わたくしはそれ以上話すことには反対でした。そんな陰惨《いんさん》な事柄は青少年の耳にはふさわしくないと思っています。ですが、ここはミス・ウェストの学校ですし、ご本人はなにが起きたか知らせることで、ひとりにならないようにという要請をもっと真剣に受け止めてもらえるのではないかと感じておられます。ミス・ヤンガーズは目のない状態で発見されました。眼球が……とりのぞかれていたのです。最初は近くの野生動物に襲われたのかと考えましたが、遺体をさらにくわしく調べたところ、鋭器でくりぬかれたことがあきらかになりました」

どんな種類の鋭器だったのか誰も訊かなかった。ジャックでさえもだ。もっとも、体がふるえるほど努力して質問を口に出すまいとしているのは見てとれた。対照的にジルはいたって平静で、実際にものを食べている数少ない生徒のひとりだった。ホラー映画の中で数年過ごしたのは、感受性を鈍くするのにずいぶん役立ったようだ。

「スミと違って、ロリエルの両親はまだ保護者として関与しているため、いまのところ当局には連絡をとっておりません」ランディの声が喉につまった。「エリノアは自室でどうすべきか決めています。どうぞ朝食をすませ、部屋に戻ってください。たとえトイレであっても、ひとりではどこにも行かないように。学校内は安全ではありません」生徒たちの反応を待たずに向きを変え、さっさと出口へ歩いていく。

ランディがいなくなると、ジャックはようやく眉を寄せて問いのひとつを口にした。「エリノアはゆうべそこに座って、われわれになにが起きたか両親に嘘をつくのを楽しみにしているとのたまったぞ」と言う。「なぜロリエルがただ失踪したことにしてそう伝えない？」

「みんながあんたみたいに簡単に死体を始末できるわけじゃないんだから」アンジェラが涙ながらに言った。ロリエルの死体を見つけてからずっと泣いているのだ。今後も泣きやむつもりはなさそうだった。

「悪くない質問だよ」クリストファーが口をひらいた。言いながらそわそわと木の骨にさわる。ナンシーははじめて、最初思ったように木でできているわけではなく、本物の骨なのだろうかと考えた。「ミス・ウェストはぼくたちが本当に故郷へ戻ったとき、家出したように見せかけるシステムをすでに整えてる。どうしてロリエルの家族に嘘をついたらいけない？　どっちみちいなくなったわけだろ。少なくともミス・ウェストが嘘をついてくれてれば、みんな家に帰るかわりにここにいられるんだ」

学校では〝帰る〟をどう言うかによって、ふたつの異なった意味になる。それはこの世でもっともすばらしいことだ。また、誰の身に起こるとしても最悪のことでもある。自分を見つけるために現実を超えて手をさしのべ、その世界にのみ属するものだと主張してくれるほど理解してくれる場所へ戻るということ——あるいは、こちらに愛情をそそぎたいと思い、なにごともないよう守りたいと願っているのに、理解が足りず傷つけるしかできない家族のもとへ送られるということだ。この言葉が持つ二重の意味は扉が持つ二重の意味に似ている。いつも同じ、〝通り抜けて、見てごらん〟という簡単な招きによって、人生を取り替え、破壊するのだ。

「あたしは死体をあっさりどこかへやっちゃうようなところにいたくない」アンジエラが言った。「そんなことのためにきたんじゃないのに」

「えらそうな口を叩くな」ジャックがぴしゃりと言い返した。「死体は命の帰結だ。それとも君は本気で、虹の上を駆けていたときに落ちるやつを見たことが一度もないとでも言うのか？　誰かが空から墜落したら、起きあがってすたすた立ち去ることはない。死ぬんだ。そして、あの荒野のような場所に落ちないかぎり、死んだままでいる。誰かがそういう死体を始末していた。一度足をすべらせれば、君の死体が処分されていただろう」

アンジェラはぞっとしたように目をみひらいてジャックを見つめた。「そんなこと考えたことがなかった」と言う。「あたし……あたし人が落ちるのを見たわ。虹はすべりやすかったもの。ちゃんとした靴をはいてても、スピードをゆるめすぎれば隙間から落っこちることがあった」

「誰かがそういう死体を始末していた」とジャック。「灰は灰に、そうだろう？　ロリエルの両親に連絡して、なにがあったか話せば、それでおしまい、一巻の終わりだ。十八歳未満ならやさしい両親に家へ連れ戻される。ここにいる半分は年末までに必要もない抗精神病薬を飲むはめになる。しかしまあ、ひたすら壁をにらんでいるあいだ、誰かが食事をしろと思い出させてはくれるだろう。残りの半分は路上生活だな。高卒の資格もなく、私たちに戻ってきてほしがってなどいないこの世界と折り合っていく手立てもないのだから」

「少なくともきみには見通しがあるだろ」クリストファーが言い、また骨をくるりとまわした。「いくつの大学に合格したんだ？」

「出願したところは全部だ。だがどこも入学する前に高校を卒業することを前提としている」とジャック。「それにもちろん、ジルのことを考えなければ。ジルの将来の対策を講じないまま世間へ飛び出していくわけにはいかない」

「自分の面倒は見られるわ」とジル。

「その必要はありませんよ」エリノアが口を出した。くたびれたように部屋へ入ってくると、ジャックとケイドを見やって言う。「あの子をどこかへやってちょうだい。わたくしが千年捜しても見つからないような場所に隠して。追悼会を行《おこな》いましょう。できるかぎり敬意を示すのよ。でも、ひとりの命が失われたからといって全員を危険にさらすわけにはいきません。それができたらと思うぐらいだけれど。そうすれば人でなしになったように感じないで、おだやかな十月の月のもと、狐たちと踊る子どものような気分になれるでしょうに。どうしても自分でやる気になれないのよ」

「もちろんだ」ジャックが言い、立ちあがろうとしはじめた。

アンジェラが先に立った。「こいつがあの子を殺したのに、遺体を渡すつもりなんですか?」と、ジャックを指さしてわめく。憤怒《ふんぬ》の形相だった。「こいつは人殺《マーダ》し女《レス》よ! ロリエルは知ってたし、あたしも知ってるわ、あなたが知らないなんて信じられない!」

「〝人殺し〟《マーダラー》の女性形を知っていたのは上出来だが、その犯罪を私が行ったという確証をつかむ前に女の犯罪とみなすとは、侮辱された気がするな」とジャック。「眼球一対《つい》で私がなにをするというんだ、アンジェラ? 視覚科学に関心はない。ロリエルの錐体《すいたい》細胞や桿体《かんたい》細胞を調べればなにか興味をそそられる変化があるに違いないとは思うが、研究のための設備も機材もここにはない。眼球がほしくて殺すのなら十年後にやるよ。殺人の容疑などもみ消せるほど大きなバイオテクノロジー企業の研究開発のトップとしてしっかり認められたあとでだ。いま殺したところでなんの利益もない」

「非難合戦はやめてこの問題を解決しようとしないか? 頼むから」ケイドが立ち

あがった。「もう死体がひとつ手もとにあるんだ。これ以上ほしくない」

「わたしが手伝えるわ」ナンシーは言った。ほかの生徒たちがこちらを向く。ナンシーはかすかに赤くなったものの、続けた。「亡くなった人の尊厳をそこなわないようにできる。旅立つときに残していく体には嫌悪を感じないから」

「きみ、不気味な子だな」クリストファーが満足げに言った。立って骨をポケットにしまいこむ。「ぼくも手伝うよ。そうしないと骸骨娘に許してもらえないからね」

「あたしはやらないわ」とジル。「ドレスがだめになっちゃう」

「ありがとう、みんな」エリノアが言った。「このあと午前中は授業をとりやめます。自分を立て直すだけの時間をおいて、お昼のあとに会いましょう」

「言葉の選び方がよくないな」ジャックが言った──だが、顔をそむけてケイドとナンシーを部屋から連れ出すときには、考え込むような、悲しげといっていいほどの表情になっていた。後ろポケットから中指を立てるように骨を突き出したクリストファーが最後尾につく。そのあとドアが閉まった。

四人はそろってポーチへ出た。ロリエルはまだ芝生の上でシーツに覆われており、一瞬ナンシーは、こんなことがすぐに終わらなければ寝具がなくなる、としか考えられなかった。ナンシーとクリストファーとジャックは歩き続けた。ケイドは足を止めた。

「ごめん」と言う。「だめだ。とにかく……無理なんだ。こういうのは俺のやることじゃなかったんだよ」なぜなら、プリズムで本当は王子だとわかる前には王女だったからだ。ほかの三人と違い、死者の世話をする責任を負ったことはなかったのだ。もちろん殺したことはある。それで次期ゴブリン王の称号を得たのだから。しかし、人の死における役割は、剣の刃《やいば》で終わっていた。

「大丈夫よ」ナンシーが肩越しにふりかえってやさしく言った。「死者は生者よりずっと理解があるから。わたしたちがなんとかするわ。あなたは見張りをしていて」

「それならできる」ケイドは安堵して言った。

ナンシーとジャックとクリストファーは死骸に近づいた。三人ともまるで違う伝統に基づいていた。ナンシーは死という経験全体を畏敬すべきものと受け止めている。クリストファーにとって肉はかりそめだが骨は不滅であり、それにふさわしく扱われるべきだった。ジャックにとって死は克服すべき不都合で、死体とはすばらしい可能性の数々を秘めたパンドラの箱にほかならない。だが、他界した存在への敬愛は三人に共通しており、ロリエルを地面から持ちあげた手にはやさしさと思いやりがこもっていた。

「地下へ運べば、なにか骨から肉をはがす薬剤を調合できる」ジャックが言った。

「それでも法医学の鑑定では骸骨が新しいことはわかるだろうが、手始めにはなる」

「骸骨になったら、ロリエルになにが起きたか調べられるかもしれない」クリストファーがほとんどおずおずとした調子で言った。

沈黙があった。とうとう、ジャックが疑わしげに応じた。「すまないが、まるで骨と話ができると告白したように聞こえた。なぜこれまで一度もその話を耳にしたことがないんだ？」

「きみが死者をよみがえらせることができるって言ったとき、そこにいたからだよ。みんながどんな反応をしたか見たからさ。ぼくはこの学校で人づきあいを楽しんでるんだ」とクリストファー。「ほかのやつらが話しかけてくれなくなったら、町のピザ屋にみんなと行ったりできなくなるだろ。きみたち双子が話しかけてくれたはずだなんて言うなよ。ふたりとも誰とも話さないんだから」

「まあその通りだな」ケイドがポーチから声をかけた。

ナンシーは眉をひそめた。「ふたりともわたしには話しかけてくれたわ」

「そりゃスミがそうさせたからだし、きみが幽霊だらけの世界へ行ったからだよ」とクリストファー。「ホラー映画の中で暮らすのにかなり近かったから、かまわなかったんだろうな。それに双子がスミと話してたのは、そうするしかなかったからさ。スミはちっちゃな竜巻みたいだった。吸い込まれたらこぶしを握りしめてつきあうしかないんだ」

「われわれが人づきあいを避けるのにはそれなりの理由がある」ジャックはかたくなに言い、ロリエルの肩のつかみ方を直した。「君たちの大半が目にしたのはユニコーンや霧のかかった牧草地だ。われわれは荒野だったし、もしユニコーンがいたとしても、おそらく人肉を喰らっていただろう。ほかの連中に自分たちの経験を話しても、追い払うことになるだけだとすぐにわかった。この場所における人とのつながりはそうした経験を話し合うことに基づいている。扉や、その向こうでなにが起こるかということに」

「ぼくは幸せの国へ行って骸骨たちと踊った。いつかあっちへ戻って骸骨娘と結婚するって言われたよ」とクリストファー。「あそこはきれいに晴れてたけど、〝死者の日〟にふさわしいような陽射しだった」

「もっと早く君に話しかけるべきだったかもしれないな」とジャック。「ロリエルを地下に連れていこう」

三人は建物の横をまわって死骸を運び、やがて以前配達人が館の上階に石炭や食物を届けるのに使っていた一階のドアを見つけた。全員手がふさがっていたので、ナンシーは体をねじって肩越しに呼びかけた。「ケイド？　手伝って」

「それならできる」とケイドは言った。ゆっくり走って脇を通りすぎ、地下へ続くドアをひらくと、ひんやりと陰鬱《いんうつ》な空気が吹きつけてきた。ほかの三人が通り抜けるまでドアを押さえてから、ケイドはあとに続いた。ガチャッと決定的な音をたてて閉めると、中はほぼ真っ暗になった。ナンシーは死者の殿堂で暮らしたことがあり、そこでは敏感な目を傷つけないよう、光が薄明を超えることはなかった。クリストファーは骸骨の世界で移動することを学んでおり、その住人はもはや目を持たないばかりか、多くはぐにゃぐにゃした生者にたえまない明かりが必要だということを忘れてひさしかった。ジャックは嵐の光でものを見ることができた。ケイドだけがよろめき、一同が階段の下へ進むあいだかろうじて転がり落ちずにすんだ。

「私なしで少しだけ支えていられるか？」ジャックがたずねた。「粗忽《そこつ》な君たちがつまずいてなにか貴重なものを壊さないうちに、明かりをつけたほうがいいだろう」「ほら、そういうのも誰もきみと話そうとしない理由なんだよ」とクリストファー。「きみはちょっと意地悪なんだ、なんていうか、いつでもさ。そんなふうにしなくてもいいときまで。〝どうぞ〟って言えばいいだけだろ」

「どうぞ私なしで少しだけ支えていてくれたまえ、肉を溶かそうと思っている酸の容器をひっくり返さないですむように」とジャック。「私は骸骨でない足を持っているのが好きでね。ひょっとしたら君もそうかもしれないな」

「しばらくなら」クリストファーは言った。手をロリエルの胴にまわし、両腕で抱きかかえる。「よし、大丈夫だと思う」

「すばらしい。すぐ戻る」ジャックが手を離すと、死体はナンシーとクリストファーの腕の中でずしりと重くなったようだった。地下のコンクリートの床をぱたぱたと踏んで遠ざかっていくのが聞こえる。それから、落ちついた声がした。「目を閉じたくなるかもしれない」

無影灯のまばゆい輝きを予期してみんな緊張した。そのかわり、ジャックがスイッチを押したとき、おだやかなオレンジ色の光が室内を照らし、瓶や実験装置でいっぱいの金属の棚や薄いレースやリボンがつめこまれた鏡台、それにステンレスの解剖台がひとつ見えた。ベッドは一台しかなかった。

それがなにを意味するか気づいて、動揺したナンシーは小さな声をもらした。

「解剖台の上で寝てるの？」と訊く。

ジャックは片手でなめらかな金属にさわった。「研究室では枕や毛布はたいして必要ない」と言う。「ジルは天蓋《てんがい》つきベッドとクッションをもらった。私はどうやって石の床で眠るかを覚えた。そういう習慣は捨てるのが難しいとわかったよ。本物のベッドで寝るのは雲の中で眠ろうとするようだ。下まで突き抜けて墜落死するのではないかと不安になる」ため息をつくと、解剖台から手をあげた。「ここに載せてくれ。溶かす前に見てみたい」

「それって気色悪い変態のすることかな？」ナンシーとふたりで研究室の奥へ死体を運びながら、クリストファーがたずねた。「気色悪い変態のすることだったらここに残って手伝えるかどうかわからないな」

「蘇生《そせい》していないかぎり、死体をそういうふうには好まない」とジャック。「死体には状況を説明されて同意する能力がない。したがってバイブレータ同然だ」

「その説明でそんなに納得がいかなきゃいいのに」クリストファーは言った。ナンシーと一緒にロリエルを解剖台に押しあげる。そして手を離してあとずさった。ナンシーはとどまり、少し時間をとって死体の四肢をまっすぐにしたり髪をなでつけたりした。ロリエルの目があった穴はどうしようもなかった——閉じることさえできない。結局、胸の上で手を組ませてから後ろにさがった。

ジャックはナンシーが空けた位置に動いた。ナンシーと違ってロリエルの顔の損傷にひるまなかった。間近に顔を寄せ、肉についた筋状の痕《あと》、皮膚が破れてぱっくりと裂けた様子を調べる。ゴム手袋をはめると手をのばし、注意深くロリエルの頭を片側に転がすと、手早く慎重な動きで頭蓋骨を探る。ナンシーとクリストファーはじっと見守っていたが、ジャックは不作法な真似などしなかった——むしろ、ロリエルが生きていたときより死んだいまのほうが敬意を示している。

ジャックは顔をしかめた。「頭蓋骨が割れている」と言う。「誰かが背後から殴り倒して頭を混乱させたんだ。失神したかどうか確実には言えない。人を気絶させるのはたいていの人間が推測するより難しい。不意打ちだったんだろう——倒れる前に身を守ったり助けを呼んだりする隙がなかった。しかし、即死したわけじゃないはずだ。しかも眼窩《がんか》にはかなり大量の血液があった」

「ジャック……」ケイドはぞっとしたように低い声を出した。「頼むから、おまえが言ってるのは俺が思ってることとは違うって言ってくれ」

「うん？」ジャックは目をあげた。「私は超能力者ではない、ケイド。超能力者が存在すると信じてさえいない。君の心を読んで、こちらがなにを言っていると思っているのか知ることは不可能だ。私はたんにロリエルの眼球が摘出された方法について話しているにすぎない」

「ひっこぬかれたって意味？」クリストファーがたずねた。

「いや、摘出という意味だ。確認するには頭蓋骨を切開しなければならないし、適切な骨のこぎりがなければ難しい作業になるが、ロリエルの眼球は神経に沿ってまるごと摘出されたように見える。襲ったのが誰でも、ただ葡萄《ぶどう》を摘むようにつまみだしたわけではない。なんらかの刃物を用いて眼球を固定している筋肉から切り離し、いったんそれがすむと――」

「誰がやったか知ってるのか？」ケイドがたずねた。

「いや」

「だったら頼むから、どうやったか教えるのをやめてくれ。これ以上とても聞いていられない」

ジャックはまじめな顔でケイドを見つめて言った。「まだ重要な部分まで到達していない」

「じゃあ頼む、俺たちが床に吐く前にそこにたどりついてくれ」

「頭蓋骨への損傷と出血の量に基づくと、眼球が奪われたときロリエルは生きていた」とジャック。沈黙がその宣言を迎えた。ナンシーさえ口もとに片手をあてた。

「誰がやったにしろ、力ずくで押さえつけて眼球をくりぬき、そのショックで死なせたんだ。殺すことが目的だったのかどうかさえ確信がない。目を手に入れることだけだ」

「なぜ?」クリストファーが問いかける。

ジャックは躊躇《ちゅうちょ》してから、かぶりをふって言った。「わからない。さあ。埋葬する準備をしよう」

ケイドは地下室の反対側までしりぞき、ほかの三人が仕事にかかるあいだそこにいた。ナンシーがロリエルの服を脱がせ、一枚ずつていねいにたたんでから脇に置いた。その服が衣類の在庫に加わるとはさすがに思えなかった。たぶんロリエルの遺体と一緒に始末する必要があるだろう、安全のためだけにでも。

ナンシーが作業しているあいだ、ジャックとクリストファーは古い鉤爪足《かぎづめあし》のバスタブを地下室の隅からひっぱってきた。ジャックがいくつかの大きなガラス容器のコルクの栓を抜き、しゅうしゅう泡立つ緑っぽい中身をバスタブにそそいだ。ケイドはぎょっとしたようにそれをながめた。

「なんでエリノアはそんなに大量の酸をおまえに持たせておくんだ?」とたずねる。

「どうしてそんなに大量の酸がほしいんだよ? そんなに大量の酸はいらないだろ」

「どうやら必要だったようだが。ちょうど人体を溶かすだけの酸があったし、ここには溶かさなければならない人体がある」とジャック。「すべては起こるべくして起こる。それにエリノアがこれだけ大量の酸を〝持たせて〟おいたわけではない。言ってみれば自分で集めたものだ。万一の場合に備えて」

「万一の場合ってなんだよ?」クリストファーがたずねた。「熊の群れに襲われるとか?」

「幸運が訪れる可能性はいつでもある」ジャックは答えた。棚からビニールのエプロンを何枚かひっぱりだしてほかの三人にさしだす。「これを一枚と、組になっている手袋をつけたほうがいい。クリストファーの世界出身でないかぎり、酸をディ《エ》ープクレンジング化粧品《クスフォリエーター》に使うのはお勧めしない」

ナンシーとクリストファーは無言でビニールのエプロンとゴム手袋とゴーグルをつけた。ジャックも同様にし、三人でロリエルを泡立つ緑の液体に沈める。ケイドが顔をそむけた。驚くほどいいにおいで、少しもなまぐさくなかった——洗浄液のようなほのかにシトラスのまじったミント系の香りだ。底に沈んでいくにつれてぶくぶくと泡が増え、やがて液体はすっかり不透明になってその姿を視界から隠した。

ジャックが向きを変えた。

「骨だけの状態にするのに一時間ほどかかる」と言う。「終わったら酸を中和して液を抜こう。クリストファー、その先は扱えると思うか?」

「ぼくのために踊ってくれるよ」クリストファーはポケットの骨にふれた。ナンシーは表面に小さな刻み目があることに気づいた。穴というほどではないが、それでも笛であることを示唆している。この楽器で奏でる調べは生者には聞こえないだろう。だからといって本物でないわけではない。「どんな骸骨もぼくのために踊る。演奏するのは名誉なことなんだ」

「なるほど、あきらかに君たちふたりは――」ジャックは手袋を外したナンシーを示した。「――一緒になる運命らしい。扉を見つけられなかったら、ふたりで結婚して不気味な世界を旅する次世代の子どもたちを作るべきだな」

クリストファーの頬が赤くなった。ナンシーの顔色は変わらなかった。いい変化だ。

「繁殖計画を立てはじめようとする前に、なぜ人が死んでいくのか解明したほうがいいんじゃないか」ケイドがやんわりと言った。「それに、ナンシーと先に会ったのは俺だ。デートに誘う権利はこっちにあるだろ」

「時として、君はどうやって男らしさを証明するかネアンデルタール人から学んだのではないかと思うよ」ジャックは言った。エプロンを外して近くのフックにひっかける。「全員貸した装備を外してくれたまえ。それは高価な品で、年に三回しか注文できないのでね」

「わたしに発言権はあるの?」ナンシーが問いかけ、おもしろがるようにケイドを見やった。遊びで口説かれるのはいやではなかった。ふざけあうのは楽しいし、自分になにか違うところがあると誰にも気づかれることなくクラスメイトと交流する手段だ。たわむれるだけならいつまでもできる。まるで興味がないのはそのあとにくることなのだ。

「あとでなら」とジャック。「いまはここから出る必要がある。酸は組織を分解するとき多少ガスを出すのでね。ロリエルを肺の中に吸い込みたくない。それにあまり長くジルをひとりにしておかないほうがいい」不安げな口ぶりだった。

「誰もあなたのきょうだいを傷つけたりしないと思うわ」ナンシーは言った。「自分の身は守れるでしょう」

「私が心配しているのはそのことではないんだ」とジャック。「ヴァンパイアと何年も一緒に過ごすと、〝ほかの子をかんではいけません〟的なしつけをどうも忘れてしまうものだ。みんなが私が犯人だと決めてジルを追いつめたりすれば、逃げ出すためだけに誰かを傷つける恐れがある。できれば死体を処分した直後に退学になりたくない。有用な酸を無駄にしたように思える」

「わかったわ」ナンシーは言い、頭からエプロンをひきぬいた。「行きましょう」

もうほかの生徒にロリエルの死体を見せないよう気を配ってはいないので、四人は内階段を上ってひとけのない廊下に出た。ケイドが両側を見てからジャックをふりかえってたずねた。「ジルはどこにいそうだ？」

「どうして私にわかる？」ジャックは問い返した。三人に凝視されてため息をつく。「私はジルの双子だ。番人ではない。友人ですらないんだ。たいてい一緒にいるのは自衛のためだ。ほかの女子はジルが変だと思っていて、私のことはもっと変だと考えている。少なくとも共同戦線を張ればなにか仕掛けられる可能性が低くなる」

「なにか？」ナンシーはぽかんとしてたずねた。

ジャックは憐れむと同時にうらやましげな目つきでじっと見た。「君はいじめを受けなかった。エリノアがスミと同室にした本当の理由はそれだ。スミに気に入られれば——せめて容認されれば——誰も一線を踏み越えることはない。みなスミに喧嘩《けんか》を売るほど愚かではないからな。スミは狂暴だった。ナンセンスの女子はいつでもそうだ。ジルと私は……」

「きみたちがきたときのことを憶えてるよ」とクリストファー。「きみのきょうだいはいいなって思ったんだ。だから学校を案内しようかって言ってみた。ほかのやつらが誰か顔を出して、魔法の剣とか宇宙を救ったとかなんとか話し出さないうちに仲良くなれるかもしれないと思ってさ。ぼくは誰にも聞こえない笛を持ってるようなやつだし。ねばり強くいかないと」

「笑われたんだろう?」ジャックの口調のやさしさに、たいていの人間は驚いたに違いない。親切にふるまいたがるような人物ではないのだ。

クリストファーはうなずいた。「あなたはかわいい男の子だけど、一緒にいるのを見られるほど低レベルにはなれないわって言われたよ。〝ありがとう、でも遠慮するわ〟とか〝わたしの名前はジルよ〟とかじゃなくてさ。ずばっと〝あなたはかわいい男の子〟だよ。そのあと誘うのはやめた」

「ジルなりに君を救おうとしていたんだ」ジャックは言った。「あれのご主人は嫉妬深いたちでね。ジルは以前、城の下にある村の子どもたちと仲良くなろうとしていた。そばにたくさんの友人を置くのが好きなのでね。信じようと信じまいと、昔は社交的だったんだ、たとえオタクっぽい傾向の好意だとしても。人をつかまえてドクター・フーの最新エピソードのことを話したりしていたものだ。それは初期のころ、レースのドレスや鉄分豊富なダイエットを受け入れる前の話だ。そのころジルはただ冒険をしているだけだと思っていた。いつか家に帰ると思い、できるだけ多くのことを学びたいと考えていたのはジルのほうだ」

「それでおまえは？」ケイドがたずねる。

「私はブリーク博士から骨のこぎりを渡され、知りたいことはなんでも教えてやろうと言われた瞬間、家に帰りたいと思わなくなった」とジャック。「しばらくのあいだは、ジルがあちこちのドアをあけて家への道を捜し、私のほうが二度と帰りたくないと思っているほうだった」

「村の子たちはどうなったんだ？」クリストファーが訊いた。「ジルが友だちになろうとした連中は？」

ジャックの表情が空白になった。それは厳密には冷たさというよりむしろ、言おうとしていることから距離を置く手立てだった。「われわれはヴァンパイア領主の寛容さにすがって暮らしていた。村の子どもたちになにが起こったと思う？ご主人は自分が支配できない相手とジルが話すのを望まなかった。私を見逃したのはブリーク博士がそう頼み込んだのと、ひとりでに補充されるジルの輸血のもとを生かしておくのが賢明だと指摘したからだと思う。われわれは双子だ。もしジルの身になにかあれば、予備の臓器として使える」

ナンシーの口があいた。「そんなのひどい」とうわずった声を出す。

「それが荒野だった」ジャックは頭をふった。「冷酷無情、残虐で美しかった。戻るためならどんなものでも投げ出すだろう。もしかしたらあの世界は、自分には見えない深く本質的な部分で私を壊したのかもしれない。もはや正常な少女ではないのをジルが理解できないのとまったく同様に。どうでもいい。あそこが私の故郷で、ようやく自分自身でいられたし、ここにいるのは嫌いだ」

「ほぼ全員ここにいるのは嫌いだよ」とケイド。「俺でもな。だからこの学校にいるんだ。さあ、考えてみろよ。おまえのきょうだいは地下室にいない。だったらどこに行く?」

「まだ食堂にいるかもしれない。監督の目があるところでいじめるほうが難しいからな」とジャック。「あるいは外に出て木立の中に座り、向こうに戻ったふりをする可能性もある。さまざまな理由からわれわれはあそこで過ごす時間が長い」

「きのうそこで見た」とケイド。「ナンシーと俺で木立を確認してくる。おまえとクリストファーは食堂を見てこい。どんなことがわかっても屋根裏で集合だ」

「どうして屋根裏なんだ？」クリストファーがたずねる。

だがジャックはうなずいていた。「いい考えだ。ロリエルを溶かし終わるまで、君の本を調べていられる。なぜ異世界に渡った者の一部を切除するのか書いてあるかもしれない。見込みは薄いが。いまできるのはそれくらいだからな。行くぞ、骨少年」向きを変えて廊下をすたすたと歩いていく姿は、あらゆる点で自信に満ちたマッドサイエンティストの弟子に戻っていた。これまでにどんな弱さを見せたとしても抑えつけられ、その仮面に覆われて消え失せた。

「ありがたいよ、ぼくにあのおっかない子を押しつけてくれて」クリストファーはケイドに言い、骨笛をポケットから引き出しながら追いかけた。

「どういたしまして」ケイドがその背に呼びかけた。にやにやしながらナンシーに腕をさしだす。「こいよ。ふたりでアダムズを捜せないかやってみようぜ」ゆったりしたなまりが強くなり、蜂蜜《はちみつ》のように甘く誘いかけてくる。

ナンシーは肘に手をかけ、意思に反してまたもや頰が赤く染まるのを感じた。以前の学校にいたときにはいつもここが難しいところだった――〝セックスに興味がない〟のと〝恋愛に興味がない〟のは別のことだ。手をつないだりキスしたりするのは好きだった。たいていの少女と同様、小学校では何人かつきあった相手がいたし、そうした練習の関係は申し分なかった。困惑し、関心を失って遠ざかるようになったのは、思春期が訪れて規則が変わってからだ。ケイドはおそらくこれまで見た中でいちばん美しい少年だろう。何時間でも隣に座って意味のないおしゃべりをしていたかった。手を肌に感じて、その存在が確かなものであり、自分にだけ集中していると知りたかった。問題はそこで終わりそうもないということで、ナンシーが進んで受け入れるのはそこまでなのだ。

ケイドはその不安を読み取ったに違いない。ちらりと笑顔を見せて言ったからだ。

「紳士的にふるまうって約束するよ。殺人犯じゃないやつといる程度には安全だから」

「あのね、わたしはただ、あなたが犯人だと自分が思ってるかどうか決めようとしてただけなの」ナンシーは答えた。「そうじゃないって聞いて本当にほっとした。念のため言っておくけど、わたしも違うわ」

「そうわかってよかったよ」とケイド。

一緒に人影の見あたらない館の中を歩いていく。ときどき通りすぎた部屋からささやき声が流れてきて、ほかの生徒たちがいることを示した。ふたりとも立ち止まらなかった。誰もが自分の心配をかかえている。ジャックがロリエルの遺体を溶かすのを手伝ったことで、ロリエルが生きていたとき友人だった面々の〝敵〟としてしっかり認定されてしまったのでは、とナンシーは落ちつかない気分になった。いままでにこれほどすぐに、こんなに多くの敵を作ったことはない。うれしくはなかった。ただ、もとに戻す方法がわからない。

外には誰もいなかった。芝生は無人で、ケイドと木立のほうへ歩いていく――鴉《からす》さえもっといい獲物を求めて飛び去っていた。なにもかも、不気味なほどひっそりとしていた。

木々のあいだにジルはいなかった。失望に近い気持ちになる――安全な木立に足を踏み入れたとたん、木の根もとに座っている姿が見えるだろうと充分に予想していた。ゴシック小説の中から出てきたような恰好で、木洩《こ》れ陽があまり近くに射したら防ぐためにパラソルをさして。そのかわりに、陽射しはそのまま落ちており、ナンシーとケイドはふたりきりだった。

「それじゃ、ひとつめは空振りね」ナンシーは急に不安になって言った。ケイドがキスしたがったらどうしよう？　キスしたがらなかったら？　ふさわしい答えなどなかったので、混乱したりおびえたりしたときにいつもすることをした――動きを止めて少女の形の彫像と化したのだ。

「うわ」ケイドが言った。本気で感心した声だった。「すごい技だな。本当に石になれるのか、それともそう見えるだけか？」一本の指でナンシーの腕をそっとつつく。「いや、まだ肉だな。ものすごくじっとしてるけど、無生物ってわけじゃない。それ、どうやってやるんだ？　そもそも息してるのか？　俺にはできないな」

「影の女王にお仕えすると誰でもきちんと動かずにいられることを求められるの」ナンシーはその姿勢を解いて言った。また頬が紅潮する。なにもかもまるでうまくいかない。「ごめんなさい、不安になるとついかたまっちゃって」

「心配するなよ、俺といても安全だから」とケイド。「犯人が誰でも、襲われるのはひとりでいるときだけだ。ふたりでくっついてるんだから問題ないだろ」

（でも、わたしが不安なのはあなたのことなのよ）とナンシーは思った。無理に弱しいほほえみを浮かべる。「あなたが本当にそう思うなら」と答えた。「ジルはここにはいないわ。ジャックとクリストファーがわたしたちのことを心配しはじめないうちに屋根裏へ戻ったほうがよさそう」

ふたりは肩を並べてきた道を引き返した。ナンシーは指をケイドの腕にかけ、なにが起きたのか手がかりはないかと芝生の青々とした広がりを見渡した。このすべてをひとつにまとめ、辻褄《つじつま》を合わせるなにかがあるはずだ。はっきりした理由もなくみんなを虐殺してまわる、見えない殺人犯にただ翻弄《ほんろう》されるばかりではいられない。

「両手」とつぶやく。

「なんだって?」ケイドが訊いた。

「スミの両手のことを考えてただけ」と答える。「ねえ、スミはすごく手先が器用だったでしょう? まるでそれがスミに関していちばん重要なことだったみたい。ひょっとしたら、誰かさんはわたしたちがいちばん大切に思うものをとりあげようとしてるのかも。でも、理由はわからないわ。どうやってそのことがわかるのかも」

「筋は通るな」ケイドは言った。ふたりはポーチの段々にたどりついていた。上りながら続ける。「生徒のほとんどは、扉が閉まったときにいちばん大事なものをなくしてる。それがつらすぎて誰も幸せになれないようにしてるやつがいるのかもな。

自分がみじめな思いをさせられてるなら、ほかの連中もみんなそうしてやろうってさ」
「でも、死んでるときにはみじめになったりしないわ」とナンシー。
「そりゃそうだといいと思うよ」ケイドは応じ、ドアノブに手をのばした。
ふれるまえにドアがあいた。

7　ココア

ドアの近くに立ったランディはふたりに疑いのまなざしを向けた。「どこにいたのです？」

「おはようございます、先生」ケイドが言う。「ミス・エリノアに頼まれた通り、ロリエルの始末をしてたんですよ、それからジルを捜しに行きました。ジャックとクリストファーが中を見て、俺たちが外を見に行ったんです。外にはいなかったので、中に戻ってもいいですか？」

「ジルをひとりにするべきではありませんよ」ランディは言い、片側によけるとドアを広げて押さえ、ふたりを通した。「どうして一緒に連れていかなかったのですか」

「あのドレスから血をとるのはとても難しかったと思うので」ナンシーは思わず口にした。ランディは驚いたように不快そうな目を向けてから、顔をしかめた。「あの、すみません。でも、その通りなんです。どんなにごしごし洗ってもタフタから血をとることはできないので」

「なんて興味深い人生の教訓を聞かせてもらえるのでしょうね」とランディ。「ふたりとも中に入る必要がありますよ。外は安全ではありません」冷たく批判的な視線がナンシーの上にとどまった。

ナンシーはぶるっと身をふるわせ、不快感を見せまいとした。それでも無意識にケイドの腕をつかんだ手に力が入る。「わかりました」と言う。「じゃあお昼に」

ランディの脇をすりぬけ、凍った涙をちりばめたきらめくシャンデリアの下を通りすぎ、屋根裏まで階段を上る。ドアの前に立ったときはじめて指をほどき、必死でがまんしていたふるえを許した。床にへたりこみ、壁に背中を押しつけて膝を胸に引き寄せる。

（動かないで）と考える。（動かないで、動かないで、動かないで）だが、意思に反して体は強風にあおられる木の葉のようにふるえつづけた。

「ナンシー？」ケイドはおかしいと思ったようだった。隣に膝をつき、片手を肩に置く。「ナンシー、どうした？　大丈夫か？」

「わたしがやったと思われてる」かぼそく甲高い声が出た。深く息を吸い込み、膝からむりやり頭を離して、ケイドを見ながら言う。「ランディはわたしがやったと思ってるわ。スミとロリエルを殺したのがわたしだって。幽霊だらけの世界からきたんだもの。ここの誰よりジャックとジルに近いし、あのふたりはいままでずっと誰も殺さずにきたのよ。でもわたしが現れたら、人が死にはじめた。新入りを疑うのは当然よ。その新入りが死体の扱いを気にしないなら、簡単すぎるぐらいだわ。わたしがしたと思われてる、ほかの可能性はもっとややこしくて難しいから」

「ランディは物語で考える」ケイドはなだめるようにナンシーの背中をさすった。「例の取引をする前にゴブリン市に長くいすぎたんだ。物語が体に流れてるんだよ。たしかに論理的にはおまえがいちばんあやしい――新入りで誰とも強いつながりがなくて、冥界《めいかい》からきてる。たぶんランディに疑われてるっていうのはその通りだ。けど、ランディがおまえを傷つけるのをエリノアが許すと思ったら間違ってる。エリノアはおまえがやってないのを知ってるよ、俺が知ってるみたいにな。ほら、こいよ。屋根裏にコンロとティーポットがあるんだ。なにか熱い飲み物を作ってやるから気持ちを落ちつかせろよ」

「実はすでにココアを入れた」ドアをあけて首を突き出したジャックが言った。

「ジルは見つかったか？」

「いや、そっちは見つけたのか？」ケイドが肩越しにふりかえって眉を寄せた。

「こっちが見つけなければおまえらが見つけると思ったんだけどな。食堂は確認したか？」

「ああ、それに図書室と本来この時間にいるはずの教室もだ。髪のことを考えるのに熱中しすぎていてなにをしろと言われたか聞いていなかった場合に備えて、念のため」とジャック。その苛立ちはうわべだけで、現実の懸念を隠す擬装のように思われた。「見た場所にはどこにもいなかった。君たちが見つけてくれることを期待していたんだが」

「悪いな」ケイドは立ちあがり、ナンシーに手をさしだした。「見たけどいなかったし、ランディに叱られて、ナンシーが――」

「ランディに疑われてるって気がついてちょっと泣いたの」本人がしめくくり、ケイドの手をとって体を起こした。「もう平気。エリノアに疑われさえしなければ、きっと退学にはならないわ。とにかく、この中の誰も怪我をしないように一緒にいましょう。そうすればこの仲間で切り抜けられるから」

「ふん」ジャックは物言いたげな顔をした。「以前の学校を離れて以来、仲間がいたことはなかった。さあ、くるといい。さっき言ったが、ココアを作った。あまり長くクリストファーをひとりにしておいたら全部飲まれてしまう」

「聞こえたぞ！」クリストファーが呼びかけてきた。ジャックは鼻を鳴らして屋根裏にひっこんだ。

ケイドが気遣わしげな視線を投げてきたので、ナンシーは笑顔を返すと、安心させるように手をぎゅっと握ってから離し、先に屋根裏に入った。約束通り、あたりにはココアの香りが漂っていた。クリストファーは本の山のひとつに腰をおろしており、ホイップクリームのひげを上唇につけ、マグカップを手にかかえていた。ジャックはコンロのところであと三人分マグを用意している。ケイドが片方の眉をあげた。

「ホイップクリームをどこで見つけたんだ？」とたずねる。

「ここには牛乳があり、私には科学があった」とジャック。「その一文でどれほど大きな料理の成果が集約できるかは驚くほどだ。たとえばチーズ作りだな。牛乳と科学、そして愚かしくも自然の法則を無視した結果が完璧に交わっている」

「どうしてそこに自然の法則が出てくるの？」マグをひとつとりに行きながらナンシーが問いかけた。うっとりするようなにおいだ。ひとくちすすり、目をまるくする。「この味って……」

「柘榴《ざくろ》だ」とジャック。「君のは柘榴の糖液で作った。クリストファーのにはシナモンがひとつまみ、ケイドのにはミス・エリノアの個人的な備品からくすねたクロテッドクリームのファッジが入っている。気づかれはしない。イングランドからポンド単位で輸入しているし、次の納入は三日後の予定だ」

「あなたのにはなにが入っているの？」ナンシーが訊いた。

ジャックは微笑し、マグを掲げて無言の乾杯をした。「温かい生理食塩水を三滴に鳥兜《トリカブト》をひとつまみだ。私にとって危険なほどの量ではない――アンジェラは違うと言うかもしれないが、わたしは人間だ――しかし、そのぐらい入れると涙に似た、真夜中に荒野で吹き荒れる風の香りを思わせる味になる。金切り声の響きがどんな味か知っていればそれも加えていただろうし、この身が期せずして生きているかぎり、二度とほかのものは飲まなかっただろう」

クリストファーが口の中のココアを飲み込み、頭をふって言った。「あのさ、ときどきみがどんなに不気味か忘れそうになるのに、そのとたんそんなことを言われるんだ」

「私の性質を常に憶えておくのがいちばんだ」ジャックは言い、ケイドにマグを渡した。

「どうも」ケイドは受け取って長い指を巻きつけた。

「気にしないでくれ」とジャック。どういうわけか、その口から出るとただの社交辞令ではなかった——懇願だった。（このつかの間のやさしさを忘れてくれ）と言っているのだ。（長くは残さないでくれ、でないと弱みと見られてしまうから）表面上は、口の片側をぴくりと動かしてちらりとほほえんだだけだった。それからジャックは向き直り、自分のマグを持って本の山に座ろうと移動した。

「居心地よくないか?」ケイドがいつもの席らしき場所へ戻り、ナンシーはコンロの隣にぎこちなくひとりで立ちつくした。あたりを見まわしてから、数少ない本物の家具のひとつに向かう。天鵞絨《びろうど》のカバーの古めかしい椅子は本に侵略されつつあったが、まだ完全にのみこまれてはいなかった。そこに身を沈め、まだ両手でマグをかかえたまま足を椅子の上にあげて折りまげる。

「ぼくは好きだな」ほかの誰も口をひらかないのがあきらかになったあと、クリストファーが言った。肩をすくめてからつけたす。「男連中が――いや、ほかのやつらってことだよ、きみじゃなくてさ、ケイド――ぼくをがまんしてるのは男が少ないからだけど、あいつらはみんなきらきらした世界に行ったんだ。みんなぼくのことを変なやつって思ってる感じでさ、そのことをあんまり話せない。骸骨娘を馬鹿にしだすから、そんな口は殴って黙らせなきゃいけないだろ。友だちを作るのに最高の方法とは言えないよ」

「ああ、そうだろうな」ジャックが答えた。ココアを見おろす。「私もクラスメイトと仲良くなろうとすると似たような問題が起きた。私はジルより先に努力をあきらめた。あの連中がしたいのは、荒野はよほど奇妙なところだったに違いない、自分のふわふわした不思議の国のほうがずっと上等だとしゃべり散らすことだけだ。率直に言って、私が人殺しかもしれないと思ったからといって責める気にはなれない。ここまで長く待ったと考えるのはどうかと思うが」

「ほら、仲間の絆《きずな》がまた気味の悪い方向に行った」クリストファーが陽気に言い、ココアをごくりと飲んだ。「きみは運がいいな、こんなにうまいココアのためならなんでも許すよ」

「さっきも言ったが、料理は科学の一形態で、私は科学者だ」とジャック。

「なにが起きてるのか解明する必要がある」とケイド。「おまえたちはどうか知らないけど、俺はもとの生活に戻れるほどいい環境じゃないんだよ。うちの親はまだ、失ったかわいい娘がどうにかして奇跡的に戻ってくると思ってる。五年も家に戻らせないんだからな。いや、それは不公平な言い方かもな――でなきゃ公平すぎるか。あいつらは俺を戻らせないんだ。スカートをはいて〝ケイティー〟って呼んでくれって言えば、両手を広げて迎えてくれるだろうな。この学校が閉鎖されたら、俺に住むところがなくなるのはまず間違いない」

「うちの家族もぼくを帰らせてくれないよ」とクリストファー。「なにもかも、〝家出〟したあと起きたことが引き金になった複雑な神経衰弱かなにかだと思ってるんだ。母さんは本気で、骸骨娘がぼくの好きになった拒食症で死んだ女の子だって信じてる。たとえば、まだ〝本当の名前〟を思い出せないのかって定期的に訊いてくるんだ。名前がわかればその子のご両親を見つけてなにがあったか伝えられるからって。実際悲しいよ、あんなにめちゃくちゃ気にしてくれてるのに、全部まるっきり間違ってるんだから、わかるだろ？　骸骨娘は現実だし、死んでない。ここの人間みたいに生きてたことは一度もないんだ」

「骸骨の人々はたいていそうだな」ジャックがココアを脇に置いた。「もし生きていれば、呼吸機能や循環系の欠落によって即座に死ぬはずだ。腱がないことだけでも――」

「きみはきっとパーティーじゃ楽しませてくれそうだ」とクリストファー。

ジャックはにやっと笑った。「どんなパーティーかによる。シャベルが関係していれば、私はその場所の生命と死と蘇生《そせい》の中心だ」

「わたしは家に帰れないの」ナンシーがココアを見おろす。「うちの両親は……クリストファーの家に似てるんでしょうね。わたしのことを大事に思ってる。でも、わたしがいなくなる前にもわかってくれなかったし、いまは別の惑星からきたみたいなものよ。色のついてる服を着せようとするし毎日食べろって言うし、なにも起きなかったみたいに男の子とデートに行かせようとするの。なにもかも前とぜんぜん変わってないみたいに。でもわたしは冥界に行く前から男の子とデートに行きたくなかったし、いまだってそうよ。そんなことしない。できないの」

ケイドは少し気分を害したようだった。「誰もおまえにいやなことを無理にさせたりしない」と言った口調はこわばっており、傷ついているように聞こえた。

ナンシーはかぶりをふった。「そういう意味じゃないわ。女の子とだってデートに行きたくないもの。誰ともデートしたくないの。人はたしかにすてきだと思うし、すてきなものを見るのは好きだけど、きれいな絵とデートしたいとは思わないわ」

「ああ」ケイドの声から堅苦しさが抜け、理解したという響きになった。小さくほほえむ。ナンシーはココアから顔をあげて笑い返した。「じゃあ、全員にこの学校が続いてほしいと思う充分な理由があるらしいな。これまでにふたり殺された。スミとロリエルだ。ふたりに共通してるのはなんだ?」

「なんにも」とクリストファー。「スミは鏡の世界のひとつに行って、ロリエルは妖精界のひとつに行った。高ナンセンスと高ロジックだ。一緒に出歩いたりしなかったし、共通の友だちもいないし、趣味で同じことをしてもいなかった。スミは折り紙とミサンガを作るのが好きで、ロリエルはパズルと数字つきの絵画セット《ペイント・バイ・ナンバー》をやってた。重なってたのは授業と食事時間だけで、それもできればやめてたぐらいだと思うな。敵同士ってわけじゃない。ただ……無関心だったんだ」

「ナンシーはさっき、手がスミのいちばん重要なものだとかって言ってたな」とケイド。

ジャックが背筋をのばして座り直した。「なんとナンシー、実に無神経でおかしな言葉だな」

ナンシーは赤くなった。「ごめんなさい、わたしはただ……ただ思っただけ……」

「ああ、文句を言っているわけではない。たんにここで無神経かつおかしなことを口にする者がいるなら私だというだけだ」ジャックは考え込むように眉をひそめた。「君はいいところに気づいたかもしれないな。そもそも、われわれのひとりひとりが自分の扉を惹《ひ》きつける特質をそなえている。なにか生来の特徴、向こう側で幸せになれるような共鳴する要素を。この仮定は残った者だけを見て立てたものだとわかっている——扉をくぐった者の大部分は二度と戻らないのかもしれず、われわれが見ているのは最良のシナリオにすぎない可能性もある。どちらにしろ、この物語を生きて乗りきるにはなにかが必要だ。そして多くの人々にとって、その漠然としたなにかとは、体のある部分に集中しているように思われる」

「ロリエルの目玉みたいにな」とケイド。

ジャックはうなずいた。「そうだ、あるいはナンシーの信じがたいほど頑健な筋肉組織——そんなふうに見ないでくれ、君が説明したほど長い時間、倒れずに立っているためにはきわめて強健な筋肉がいる——またはアンジェラの脚、セラフィーナの美貌。あの女の中身はバケツいっぱいの腐った蛭《ひる》だが、天使でも殺戮《さつりく》に駆り立てるような顔をしている。私はあいつが旅に出る前の写真を見たことがある。昔から愛らしかった。しかし、向こうに行くまではトロイのヘレンなどではなかった」

「どうやってあっちへ行く前の写真を見たんだ?」ケイドが訊いた。

「インターネットがあるし、セラフィーナのフェイスブックのパスワードは飼い猫の名前で、写真がベッドの上に貼ってある」ジャックは鼻を鳴らした。「私は無限の潜在力を持つ天才で、さほど辛抱《しんぼう》強くないからな。あまり私の忍耐力を試すべきではない」

「次に秘密を守ろうとするときにはそれを憶えておくよ」とケイド。「なにが言いたいんだ?」

「私が言っているのは、ブリーク博士のもとで働いていたとき、博士のために品物を集めたことがあるということだ」とジャック。「最高のものでなければいけなかった。まったく当然だ——博士は天才だった。私が同じようになれるなどとは夢にも思えないほどの。だから『蝙蝠《こうもり》が六匹いる』と言われれば、網を持って荒野で何日も過ごし、いちばん上等で大きな蝙蝠をつかまえ、博士が作業に使う最良の標本として持ち帰った。あるいは『銀の鱗《うろこ》が一枚もない黄金の鯉《こい》がほしい』と言われれば、川べりで一週間費やし、次々と網で魚を獲って完璧なものを手に入れた。そういうのは簡単な仕事だった。『完璧な犬がいるが、完璧な犬というものは決して見つからんから、出かけていって必要な部分を探してこい』と言われるときもあった。頭部や臀部《でんぶ》、尾、足先。そうしたものをどこでも見つかったところで集めて持ち帰らなければならなかった」

「わかった、まず、その話はぞっとするよ」とクリストファー。「それに残酷だ。あとは、なにが言いたいんだ? どこかのマッドサイエンティストがぼくたちのいちばんいい部分を集めて完璧な女の子を作ろうとしてるって?」

「この学校で唯一のマッドサイエンティストは私で、人を殺してはいない」ジャックは言った。「それ以外にか？　ああ。時として殺人は死体や死者が目的ではないと言っている。それはあとに残されたものだ。時として殺人はなくなっているものが目的なんだ」

屋根裏のドアをノックする音がした。誰もがとびあがった。ジャックさえもだ。ナンシーのマグカップの縁からココアがこぼれた。ジャックは座ったまま背筋をのばし、マグをおろすと、攻撃体勢に入った蛇のように身をこわばらせた。ケイドが咳《せき》払いした。

「誰だ？」と呼びかける。

「ジルよ」把手《とって》がまわった。ドアがひらく。ジルが中に入ってきた。しげしげとあたりを見まわしてから宣言する。「あんたたちを探してて、見つからなかったからここにくることにしたの。だってこの館でいちばん高くて太陽に近い場所だから、いちばんいる可能性が少なそうでしょ。さあ、みんなここにそろって、あたしもきたわ。どうしてさっさと行っちゃってこんなに長くあたしをほっぽっておいたわけ？」

「私は頼まれた通り死体を始末していたんだ」ジャックが本の山からすべりおり、ベストをさっとひっぱって直すと言った。「死体といえば、そろそろ酸がロリエルの軟組織を溶かしきったころだろう。クリストファー、一緒にきて骨の件で手伝いたいか？」

「もちろん」クリストファーはとまどった口ぶりで答えた。立ちあがってココアを置き、ジャックのあとから屋根裏を出ていく。

双子の片割れに置いていかれても、ジルはなにも言わなかった。ケイドに明るく無邪気な笑顔を向けてたずねただけだ。「そのココア、もっとないの？」

8　虹をまとった彼女の骨

ジャックはまるで階段に個人的に挑戦されたかのように一段飛ばしや二段飛ばしで階段をおりていったので、クリストファーは小走りでついていくはめになった。急ぎながらもジャックは少しも苦労しているように見えなかった——冷たい目つきで唇を引き結び、呼吸を荒らげることも力をふりしぼることもなく、完全に落ちついたままだった。口をひらこうともしない。クリストファーは気をもんだものの、ありがたくもあった。息を切らさずに答えられるかどうか自信がなかったのだ。

「呼びかける前に骨をきれいにする必要があるか？」階段の終わりから地下室まで続く廊下の最後の部分を歩きながら、ジャックがたずねた。そこに生徒の姿はなかった。屋根裏を出てから誰も見かけていない。閉じたドアの奥からささやきがもれてこなければ、構内は人がいないように思われただろう。「酸はいいものだが、踊り手の衣装には向かない」

「いや」クリストファーは言い、ポケットから骨笛を出すと、なにより安心するために指を巻きつけた。「すっきりきれいになって起きあがるよ。骨の国では、新たな民を解放するのに――」なにかおぞましいことでも言おうとしていたと気づいたかのように、途中で口ごもる。

ジャックは地下室のドアをあけながらそちらをふりかえった。「わかった、本気で好奇心をそそられたよ。ぜひ教えてくれたまえ。動揺させるのではないかと案じる必要はない。私は昔、ある男がまだ生きて意識があって、話そうとしているときに胸部から肺をとりだしたことがある」

「なんでそんなことをしようと思ったんだ?」

「なぜしてはいけない?」ジャックは肩をすくめて階段をおりはじめた。

クリストファーはつかの間、まじまじとその背を見つめてから、また進み出した。追いつくと挑むように言う。「ぼくらは肉を切りひらいて新しい民を解放するんだ。骨まで届く大きな深い切り込みを入れて。そうすれば中の骨格はもがいて折れてしまう危険なしに起きあがれる。体から出ても骨の治りは遅いから」

「骨が治るという事実そのものが私にとっては耳慣れないが」とジャック。その声は静かだった。「あちらでは法則があまりにも違う。われわれ全員にとって」

「そうだね」クリストファーは同意し、バスタブいっぱいの赤っぽい液体を見やった。表面にかたまりがいくつか浮かんでいる。そのことをあまり深く考えたくなかった。

「いま話したことを誰にも話さないほうがいい。狭量な馬鹿どもは手術と解体を同じものと考えているからな。あいつらが私に向ける目つきを見てみろ。目下のところ君はまだ仲間のひとりだが、それが絶対に変わらないと思うあやまちを犯さないことだ」ジャックは部屋を横切って衣装ダンスに近づいた。「あらゆるものは変化する」

「わかってる」クリストファーは言い、笛を唇まで持ちあげて吹きはじめた。

音はなかった。生者が聴けるような音は——あるのは音という概念だ。なにか小さく微妙な、沈黙の分子のあいだに隠れているものが見落とされつつあるという、唐突で圧倒的な感覚。ジャックはタンスをあけてクラヴァットをとりだし、蝶ネクタイを外しながらできるかぎり耳をすました。自分の呼吸が聞こえる。クリストファーの指が骨をなでる音が耳に届く。水音が響いた。

ジャックはふりむいた。

クリストファーはまだ笛を吹いており、ロリエルが上体を起こしていた。ぴかぴかにみがかれた骨の像。肩胛骨《けんこうこつ》は繊細《せんさい》な翼、頭蓋骨は地上を歩むものすべての肉の下に待ち受けている優雅な踊り手への讃美歌だ。オパールめいた真珠色の光沢があり、酸のせいか、それともクリストファーの笛の働きによる魔法なのだろうか、とジャックはぼんやり考えた。残念だが、おそらく知ることはあるまい。この学校はそれなりに快適だが、わざわざ分析する死体を提供してくれるというわけではない。

ゆっくりと慎重に、ロリエルの骨は立ちあがり、わずかにぐらついてバスタブから出た。肘から酸がひとしずくこぼれ、床に落ちる。そこでしゅっと音をたてて石に穴をあけた。ロリエルは動きを止め、左右にゆれながら、からっぽの眼窩《がんか》をクリストファーにすえた。

「すばらしいな」ジャックは言い、一歩踏み出した。「君のことが見えるのか？　意識はあるのか？　それとも、これはたんに骨に生気を吹き込む魔法か？　どんな骸骨にも作用するのか、変死した場合だけか？　君には可能か――吹くのをやめないかぎり、どの質問にも答えられないだろうな」

クリストファーはうなずき、片肘でかつての召使い用のドアに続く階段を示した。ジャックはうなずいた。

「私があけよう」と言い、クラヴァットを締めながら小走りで向かう。スミほど器用ではないにしろ、その指はすばやく動いたし、結び目はなじみ深いものだった――ドアにたどりついて押しあけたときには、ふたたび一分の隙もない服装に戻っていた。ブリーク博士から学んだ技術のうち、命がけで走りながら身支度ができる能力は、現在〝家〟と呼んでいる、しばしばわかりにくいこの奇妙な世界でも、先先まで役に立つ可能性がいちばん高いようだ。

クリストファーは音のない笛を吹き続けながら、もっと落ちついてあとを追った。ロリエルがのろのろとついていくと、つまさきが階段をコツコツ鳴らし、窓ガラスを叩く枯れ枝とほとんど区別のつかない音をたてた。ジャックは脇に立ってふたりが外へ出ていくのを見守ってから、ドアを閉めて続いた。

「われわれは発見されないような埋葬場所を探しているのか？」とたずねる。クリストファーはうなずいた。「では、こちらへきたまえ」

三人は一緒に敷地内を横切っていった。少女と少年と、虹にくるまれて踊る骸骨。筋組織や舌を持っているふたりはどちらも口をきかなかった。

これはロリエルが得られる葬儀にいちばん近いものだろう——軽々しく扱うのはよくない。ふたりは地形が一段低くなって藪《やぶ》や雑草にとってかわられ、耕されたこともなければ荒れ地以外の名で呼ばれたこともない石だらけの固い地面が続いている場所まで歩いていった。もちろんすべてエリノア・ウェストの土地だ——その家系はこの田園地帯を何マイルも所有しており、家族の最後のひとりとなったいま、端から端までエリノアのものだ。エリノアは学校を囲む土地を売ったり開発の許可を与えたりすることをきっぱりと拒んだ。地元の自然保護活動家からは英雄視された。地元の資本家には敵とみなされた。声高に中傷した人々の中には、なにかを隠しているようにふるまっていると言う者もいた。実際ある意味ではその通りだ——エリノアには守るものがあった。そのおかげで、非難する連中が思いもよらないほど危険な存在になっていたのだ。

「待て」荒れ地に到着したとき、ジャックは声をかけた。ロリエルをふりかえって言う。「私の言葉が聞こえているなら、言っていることが理解できるなら、うなずいてくれ。頼む。生きていたとき私を好きではなかったのは知っているし、私も同様だったが、いまは人々の命が危険にさらされている。助けてやってくれ。私に答えてほしい」

クリストファーは演奏を続けた。ゆっくりと、ロリエルの頭蓋骨が操る筋肉も筋もなしに動き、胸骨のほうへ向いた。ジャックは息を吐き出した。

「いいか、これは霊界交信《ウィジャ》のように、どんな答えがあってもたんにクリストファーが聞かせたがっている内容になるのかもしれないが、私はそうは思わない」と言う。「一週間前ならそうなったかもしれない。しかしいまはナンシーが学校にいるし、幽霊は彼女のそばにいたがる。君はまだ奥底で、ある程度ロリエルのままだと思う。だから頼む、可能なら教えてくれ。誰が君を殺した？」

ロリエルは数秒間動かなかった。それから、どの動きもありえないほどの努力がいるとでもいうかのようにのろくさと、右腕をあげて人差し指でジャックの隣の位置を指した。ジャックは横を向いてなにもない空間を見た。それから嘆息する。

「無理な注文だったということだろうな」と言う。「クリストファー？」

クリストファーはうなずくと、笛の上で指を動かした。ロリエルの骸骨は低い丘をおりて荒れ地に踏み込んだ――そして坂を下り続け、まるで見えない階段を歩いているかのように、地中へ、地下へと入っていった。一分もたたないうちにその姿は見えなくなり、頭のてっぺんまで土の下へ消え失せた。クリストファーが笛をおろした。

「すごくきれいだった」と口にする。

「皮膚がある状態でそう言っていると思えるなら、多少気味の悪さも薄れるんだが」とジャック。「行くぞ。ほかの連中のところへ戻ろう。ふたりきりでいるのは危険だ」向きを変えるとクリストファーも従う。ふたりは青々とした広い芝生を横切ってとぼとぼと歩いていった。

9　アヴァロンの傷ついた鳥たち

昼食は堅苦しい雰囲気で、誰も話さず、実際に食べている生徒はほとんどいなかった。今回ばかりはフルーツジュースをすすり、味わいもせずに固形食を皿の上でつつきまわすナンシーの好みもおかしいとは受け取られなかった。おかしいのはむしろ、なにか食べようとする気になること自体だった。気がつくと、ナンシーはほかの生徒を観察して、その物語と秘密の世界を推測しようとしていた。もし理由があるとしたら、なにが殺人の動機となったのか導き出すためだ。もっと長くここにいたのなら、みんながあれほどなじみのない相手でなければ、必要な答えが見つかったのかもしれない。現状では、ただ質問が浮かんでくるだけという気がした。

昼食のあとは図書室で全校集会があり、ミス・エリノアが全員の冷静さと思いやりを称賛し、ロリエルの死体を始末したことでジャックとナンシーとほかのふたりに感謝した。ナンシーは赤くなって椅子に沈み込み、向けられた視線を避けようとした。生徒たちにしてみれば、ナンシーこそ知らない相手なのだし、それなら死者と関係を持とうとする姿勢は疑わしく見えるに違いない。

エリノアは深く息を吸い、部屋を――自分の生徒、保護すべき相手を――厳粛なおももちで見渡した。「みんな知っていることですが、わたくしの扉はまだひらいています」と言う。「わたくしの世界はナンセンスの世界で、交差する方向は高ヴァーチュー かつ中程度のライムとなります。あなたがたの多くはあそこでは生き残れないでしょう。論理と理性の欠落に破壊されてしまいます。ですが、ナンセンスでうまくやれる子たちには、扉をひらいて通らせてもかまいません。しばらくはあちらに隠れていられるでしょう」

室内に息をのむ音が走り抜け、続いてすばやく押し殺したすすり泣きがいくつかもれた。あざやかな青い髪の少女が身をふたつに折り、それで苦痛をなだめられるかのように膝に顔をうずめて前後に体をゆらしはじめた。少年のひとりが立ちあがって部屋の隅に行き、全員に背を向けた。さらにつらそうなのは、座ったまま両手を膝の上で組み、顔に涙を伝わらせて泣いている面々だった。

ナンシーはぽかんとしてケイドを見た。ケイドはため息をついて身を寄せてきた。

「ミス・エリノアは自分の扉にすごく執着してる。扉は気まぐれになりやすいし、これだけ長く戻るのを待ってたから、誰かを通すたびにとってかわられる危険を冒してるんだ。いま、ナンセンスでうまくやれる生徒全員を行かせてやるって言ってるだろ。それはあの人が怖がってて、俺たちの面倒を見るためにできることをしてるって意味だよ」その声は低く保たれていた。まわりの生徒たちは気づいてさえいないようだ。おおかたは泣くのに夢中だった。部屋の反対側では、ジルが双子の片割れにもたれて涙を流していた。濡れていないのはジャックの目だけだ。「問題は、ナンセンスが二大方向のひとつだってことだ——救えるのはせいぜい生徒の半分だし、ナンセンスの世界へ行ったやつがみんなどんなナンセンス世界にも合うってわけじゃない。どれもすごく違うからな。助けてやろうとした連中の四分の一ぐらいしか通り抜けられないかもしれない」

「ああ」ナンシーは静かに言った。どれほど善意からの申し出だとしても、偽りの希望についてはいくらかわかっている。エリノアは自分が知っている唯一の手立てで大切な子どもたちを救おうとしているのだ。その過程で当人たちを傷つけている。

部屋の前のほうでエリノアがふるえる息を吸い込んだ。「いつも通り、みなさん、この学校にいるかどうかは完全に自発的なものです。もし誰かご両親に電話して家に帰りたいと頼みたい人がいるなら、今学期の学費を返金しますし、引き止めるつもりはありません。ただお願いしたいのは、残る生徒たちのために、なぜやめたいのか話さないでちょうだい。この件を解決する道は見つけてみせますから」

「へえ、そう?」アンジェラが苦々しくたずねた。「ロリエルのためには解決できるんですか?」

エリノアは顔をそむけた。「授業へ行きなさい」と言う。その声は低く、急に年老いて聞こえた。

生徒たちが立ちあがってぞろぞろと出ていくあいだ、うなだれてその場に立ちつくす。少ししたらナンセンスの子どもたちを捜し、肩を叩いて自分の扉へと連れていこう。何人かは通り抜けられるはずだ。あの世界でこと足りる生徒は常にいる。それでも故郷ではなく、夢見ている市松模様の空や鏡の海とは違うが……かなり似ている。幸せになれるほど、もう一度生きることを始められるほど似通っている。

それになんとも言えない。扉はどこにでもひらく。もしかしたらある日、身を守るためにあちらに行ったこの世界の子どもが、まわりの壁とぴったり合わない扉や、月でできたドアノブがついたなにかを、ウインクするドアノッカーを見つけるかもしれない。まだ故郷に帰れるかもしれないのだ。

　肩に手が載った。ふりむくと、心配そうな表情のケイドが後ろにいた。席のほうを見やると、ナンシーがまたひっそりと動きを止めている。それはいい。明かすことをためらうには秘密が多すぎる。エリノアはふたたびケイドのほうに向き直り、その胸もとに顔を埋めて泣いた。

「大丈夫だよ、エリーおばさん、大丈夫だ」片手で背中をさすりながらケイドが言う。「きっと解決方法が見つかるから」

「わたくしの生徒が死んでいくのよ、ケイド」と応じる。「死んでいくのに、安全なところに逃がしてやれる子は何人もいない。あなたを助けることもできない。あなたが扉を見つけたとき思ったのに――」

「わかってる」ケイドは言った。「俺が論理的なたちなのは誰にとってもすごく残念だったな」背中をなでつづける。「なんとかなるよ。いまにわかる。これを解決して、方法を見つけて、扉をあけておこう、なにがあっても」

エリノアはため息をついて身を離した。「あなたはいい子よ、ケイド。両親はなにを見失っているかわかっていないのよ」

ケイドが返した微笑は淋《さび》しげだった。「それが問題なんだよ、エリーおばさん。うちの親はなにを見失ってるかはっきり知ってる。その子が二度と見つからないから、俺をどうしていいかわからないんだよ」

「馬鹿な子」とエリノア。「さあ、授業に行きなさい」

「行くところだよ」エイドは答えてドアへ向かった。ナンシーは彫像の静けさを払いのけてあとを追った。

廊下の途中まで待ってから、問いかける。「エリノアってあなたの……?」

「大・大・大伯母だよ」とケイド。「エリノアは一度も結婚しなかったし、子どももいなかった。でも、妹は六人産んだ。俺のひいひいひいばあちゃんには面倒を見てくれる旦那がいたから、エリノアがこの土地を全部相続したんだ。妹の子孫の中で自分の扉を見つけたのは俺がはじめてだ。俺がナンセンスに行ったと思ってあんまり喜んでたから、分類が間違ってて、行ったのは純然たるロジックの世界だって認めるのに一カ月近くかかったよ。それでも俺をかわいがってくれた。いつか、これは全部——」周囲の壁を示す。「——俺のものになって、学校はあと数十年続く。来週閉鎖させられなければって話だけどな」

「そんなことにはならないと思う」とナンシー。「みんなで解決できるわ」

「警察が関与する前に？」

それに対しては答えられなかった。

授業はおざなりで誰もが注意散漫だった。教えている講師たちも、理由は——ランディ以外——知らないながら、学内が落ちつかないことを察知していた。夕食も同様にあわただしく、牛肉は焼きすぎでぱさぱさになっており、適当に切ったフルーツは薄皮や硬い皮のかけらが外側にくっついている状態で提供された。生徒たちは臨時で友人の部屋に泊まる手はずを整え、三々五々立ち去った。ケイドとクリストファーが寝袋をかかえて部屋に現れ、どちらがスミのベッドを使うかコインを投げて決めたときにも、ナンシーはまばたきひとつしなかった。ケイドが勝ってマットレスに落ちつき、クリストファーのほうは寝袋を床に広げた。三人とも目を閉じて寝たふりをした——ナンシーの場合は夜半過ぎにふりではなく現実になったが。ナンシーは幽霊と死者の歩む静謐《せいひつ》な殿堂の夢を見てぐっすりと眠った。クリストファーは、オパールのようにきらめきながら踊る骸骨と、変わることなく常に温かく迎えてくれる骸骨娘の微笑を夢で見た。

ケイドが見たのは、虹のすべての色を集めた世界、ひとつの国であるプリズムがひとりでに砕け、幾千もの光の破片になる夢だった。故郷に戻っていて、人がそうあってほしいと思う自分ではなく、ありのままの自分として歓迎される夢。三人のうち、眠りながら泣き、頬を濡らしたまま金切り声で目覚めたのはケイドだった。

どこか遠く、窓の外から響いてきた音だった——ナンシーとクリストファーはまだ眠っていたが、それは当然だ。ふたりが訪れたのはここより悲鳴が日常的で危険が少ない世界だった。ケイドは起きあがり、目をこすって眠気を払うと、もう一度悲鳴が響くのを待った。叫び声は聞こえてこなかった。ケイドは躊躇《ちゅうちょ》した。

ふたりを起こして、調べにいくとき一緒に連れていくべきだろうか？　ナンシーはすでにクラスメイトの大部分から疑いをかけられているし、クリストファーもかかわりつづけていたらそうなるだろう。ひとりで行ってもいい。生徒のほとんどは、衣類を管理しているケイドに好感を持っている。次の死体を見つけても許容するに違いない。だが、そうするとひとりになってしまう。戻る前にナンシーかクリストファーが起きたら気をもむだろう。心配をかけたくなかった。

ケイドは膝をついてクリストファーの肩をゆさぶった。相手はうめいてまぶたをひらき、薄目をあけてこちらを見あげた。「なんだ?」と、まだ眠そうにかすれた声で問いかけてくる。

「誰かがたったいま木立のあたりで叫んだ」とケイド。「どうしたのか見に行かないと」

クリストファーはたちまち目を覚まして起きあがった。「ナンシーも連れてくか?」

「ええ」本人が答えてするりとベッドから抜け出した。悲鳴では起きなかったが、話し声で目が覚めたのだ――死者の殿堂では、聞いてほしくないかぎり誰もしゃべらなかった。「ここにひとりでいたくないから」

ふたりとも反論しなかった。全員がとつぜんおばけ屋敷と化したこの館に置き去りにされることにおびえていた。しかもここの幽霊についてはなにひとつ理解できないときている。

静かに歩いていったが、足音を忍ばせはしなかった。三人とも、誰かが起きて部屋から出てきて、このささやかな行列に加わるのではないかとひそかに期待していたのだ。だが、ドアは閉まったままで、気がつくとナンシーとジルが容赦ない陽射しを避けて逃げ込んだ陰の多い木立へ三人だけで向かっていた。いまは日の光がない——雲の切れ間から見おろしている月だけだ。

それから木立に足を踏み入れると、月明かりが耐えがたいものになった。その光が地面に小さく無言で横たわるランディの姿を映し出したからだ。ひらいた双眸《そうぼう》が木の葉を見つめている。彼女はまだ両目と両手を、そしてほかのものもすべて持っているように見えた。服に血はついておらず、四肢も無傷だ。

「ランディ」ケイドが言い、かたわらに膝をついて脈をとろうと手をのばした。その動きでランディの頭がごろりと転がり、奪われたものがあきらかになった。

ケイドはあわてて身を引き、よろよろと立ちあがると、空き地の反対側へ駆けていって騒々しく茂みに嘔吐《おうと》した。それほど血糊《ちのり》に動揺しないナンシーとクリストファーは、ランディの頭蓋骨の空《うつ》ろな穴をながめ、温かい夜にもかかわらずふるえながら一緒にもう少し近づいた。

「どうして脳をとるの？」ナンシーがたずねる。

「同じことを訊こうと思ってたわ」アンジェラがうなり声をあげた。

ナンシーとクリストファーはふりかえった。アンジェラは懐中電灯を持って木立の端に立っており、背後には影になった生徒たちが何人かいた。ナンシーの目に直接光をあててアンジェラは詰問した。「セラフィーナはどこ？」

「セラフィーナって誰？」ナンシーは問い返し、片手を目にかざして光をさえぎった。足音が聞こえ、一拍おいてケイドの手が肩にかかった。半歩さがり、その体でかばってもらう。「悲鳴が聞こえたからここに出てきたんだけど」

「死体を隠すためにここに出てきたんでしょ」アンジェラがかみついた。「あの子はどこ？」

「セラフィーナは学校でいちばんの美人だ、ナンシー――見ただろう。高ウィキッドで高ライムのナンセンス世界へ行ってきた子だよ」とケイド。「夜明けみたいにきれいで蛇みたいに陰険だ。ここにはいないぜ、アンジェラ」オクラホマなまりが急に強くなり、その言葉を支配する。「部屋に戻れ。ミス・エリノアを起こさないと。あの人がセラフィーナに扉を通らせてやった可能性が高い」

「もし違ってたら、あんたたちがあの子を返しなさいよ」とアンジェラ。「セラフィーナを傷つけたら殺してやるから」

「ぼくたちのところにはいないよ」とクリストファー。「五分前まで寝てたんだから」

「おまえと一緒にいたのは誰だ？」ケイドがたずねた。「ただ責める相手を探して構内をうろうろしてたのか？　そっちだってここに出てきたのは俺たちと同じだろ。これはおまえの仕業《しわざ》かもしれないんだ」

「あたしたちはまともなちゃんとした世界に行ったんだから」とアンジェラ。「月光や虹やユニコーンの涙や……骸骨とか死んだ人とか、ほんとは女の子なのに男のつもりになったりするのとは違うんだから！」

唐突な静けさが木立を覆った。アンジェラの支持者でさえその言葉にぎょっとしたようだった。アンジェラは蒼《あお》ざめた。

「そういうつもりじゃなかったの」と言う。

「あら、でもそういうつもりだったのだと思いますよ」エリノアが言った。アンジェラと仲間の脇をまわり、ランディが土の上にあおむけになっている場所へのろのろと歩いていく。杖をついていた。新しい変化だ。頬の新たな皺《しわ》もだった。一日ごとに老いていくようだ。「ああ、かわいそうに、ランディ。このほうがあなたの待っていた最期より親切な死に方かもしれないけれど、それでも逝かないでくれたらよかったのに」

「あの——」ケイドが言いはじめた。

「全員、部屋に戻りなさい」とエリノア。「アンジェラ、朝になったら話しましょう。いまは一緒にいて夜を乗りきるようがんばって」杖を両手で支え、その場所にとどまったままランディの死骸《しがい》を見おろす。「かわいそうに」

「でも——」

「わたくしはまだここの校長ですよ、少なくとも死ぬまでは」とエリノア。「行きなさい」

みんなその場を離れた。

小さな集団は、正面の階段に到達するまでかろうじて分かれずにかたまっていた。それからアンジェラがケイドに食ってかかった。「あたしは本気で言ったの。自分がそうじゃないもののふりをするなんて気持ち悪い」

「ぼくもきみに同じことを言おうと思ってたんだ」クリストファーが言った。「つまりさ、きみはいつもまともな人間のふりを上手にしてただろ。すっかりだまされてたよ」

アンジェラはあんぐりと口をあけて見つめた。それから向きを変えてどかどかと階段を上っていった。仲間たちがすぐあとに続く。ナンシーが向くと、ケイドは頭をふった。

「気にするな」と言う。「ベッドに戻ろう」

「できたら戻らないでくれるといいんだが」ジャックが言った。

三人はふりかえった。普段はこざっぱりしたマッドサイエンティストは、血にまみれ、右手で左肩をつかんで館のかどに立っていた。指のあいだから、薄暗がりでも見えるほどあざやかな血が流れ落ちている。クラヴァットがほどけていた。どういうわけか、それがなにより痛ましかった。

「どうやら助けが必要らしい」と言うと、失神して前のめりに倒れる。

10　石のように動くな、そうすれば生きのびられるかもしれない

ケイドとクリストファーがジャックを担ぎあげた――ケイドとクリストファーがジャックを運んでいった。一方でナンシーはその場に凍りつき、一時的に忘れ去られてポーチの陰に立ちつくした。理論的には急いで追いかけるべきだとわかっていた――なにが起こるともかぎらないここにひとりで立っているべきではないと。だが、それは性急で危険な行動に思われた。動かないほうが安全だ。前にも静かにしていて助かったし、いまもそうだろう。

適切な光のもとでは柘榴《ざくろ》の汁がどれだけ血痕に似ているか忘れていた。どれほど美しいか。

だからいまは――じっと立つことだ。背景にとけこむほど、鼓動が遅くなるのを

感じるほど。五拍が四拍となり、三拍となり、やがて一分に一拍しか打たなくなるまで、ほとんど呼吸をする必要さえなくなるまで。ジャックは正しかったのかもしれない。静止する能力は超自然的にみがきあげられたのではないだろうか。とりたてて特別な感じはしない。ただ正しいという気がするだけだ。まるで、昔からずっとこうであるべきだったというかのように。

　両親には充分に食べないと心配された。もしかしたら、熱くせわしいものとして動いていれば案じる必要があるのかもしれないが、あのふたりはわかっていない。ここに、両親の熱くせわしい世界にとどまるつもりはないのだ。決して。こうして体の動きを遅くし、動かずにいれば、これ以上食べる必要はない。ひとさじのジュース、ケーキひとかけで一世紀でも生き続けられ、栄養状態がいいと考えるだろう。摂食障害なわけではない。自分に必要なものはわかっているし、それは静止していることなのだ。

　ナンシーは呼吸を深くして静けさにとけこみ、一分のあいだ心臓が止まるのを感じた。果実の中心に無事おさまった柘榴の種のように、体のほかの部分と同じく動かなくなったのだ。次の息を吸おう、心臓にもう一回鼓動を楽しませようと備えていたときだった。誰かが館のかどをまわってきた。それ以前ならこれ以上静かにすることはできないと思っただろう。その瞬間、自分が間違っていたのがわかった。その刹那《せつな》、石のようにぴたりと静止して目立たなくなったのだ。

ジルがポーチを通りすぎていった。両手は血だらけで、肩越しにパラソルをさし、誤って肌にふれるかもしれない月光をさえぎっている。口の端に血が一滴ついており、ナプキンでぬぐいそこねたジャムを思わせた。ナンシーがじっと見守っていると、小さなピンク色の舌がちらりと出て血をなめとった。ジルは歩き続けた。ナンシーは動かなかった。

(お願いです)と祈る。(お願いです、王よ、心臓が打ちませんように。お願いです、見られませんように)

ナンシーの心臓は打たなかった。

ジルは建物の反対側のかどをまがって姿を消した。

ナンシーは息を吸った。空気の侵入を受けて肺が痛んだ。停止状態から一瞬にして早鐘を打ちはじめた心臓が抗議する。血液がふたたび体をめぐるにはさらに数秒かかった。それからくるっとふりむいて館の中へ走り出し、床に落ちた血のしずくをたどって、これまで見たことのなかった調理場まで行くと、ドアから駆け込んだ。

肉切り包丁を手にしたケイドがぱっとふりむいた。クリストファーがエリノアの前に踏み出す。調理場の真ん中にある寄せ木の台にジャックがみじろぎもせず横たわっていた。シャツが切りひらかれ、腕の刺し傷には応急の包帯が巻いてあった。

「ナンシー?」ケイドは包丁をおろした。「なにがあった?」

「見たの」ナンシーはあえいだ。「ジルを見たの。ジルがやったのよ」

「ああ」ジャックが疲れたように言った。「あれがやった」

11　二度と家に帰れない

ジャックは目をひらいて天井を凝視していた。傷ついていないほうの腕を使い、ゆっくりと体を起こす。クリストファーが手伝おうというかのように進み出ると、手をふって追いやり、いらいらとつぶやいた。「私は怪我をしているだけだ、病人ではない。自力でしなければならないことがある」クリストファーはあとずさった。ジャックは座り終えるとつかの間その姿勢を保ち、うなだれて呼吸を整えようとした。

誰も動かなかった。とうとうジャックは言った。「もっと早く気づくべきだった。ある程度はわかっていたのだと思うが、わかりたくなかったから、できるかぎり拒んだ。ジルは荒野を離れなければならなかったのが私のせいだと主張した。私がブリーク博士と行《おこな》っていたことが村人を激怒させたかのように。それは真実ではない。ブリーク博士と私は誰ひとり殺していない――故意には――それに、地元民の多くは死ぬと遺骸《いがい》をわれわれのもとに置いていった。命を救うために残された体の一部が使えると知っていたからだ。われわれは医者だった。怪物のもとへ行ってかわいがられたのはジルのほうだ。ジルのほうだ、彼と、そっくり、同じに、なりたがったのは」

「ジャック……?」ケイドがくたびれた声を出した。

　血のしずくをジャムのようにきらめかせた月光を思い出し、ナンシーはなにも言わなかった。

「もう少し頭がよければ、あれは美しい怪物になっていただろう」ジャックは静かに言った。「たしかにその意欲はあった。おそらく最終的には巧妙さを学んだと思う。しかしそれが間に合わず、なにをしているか発見した村人は松明《たいまつ》をふりかざして押し寄せてきた。ブリーク博士はジルが決して許されないと知っていた。そこで薬を盛った。扉をひらいてこちらに投げ込んだ。ひとりで行かせるわけにはいかなかった。あれは私の妹だ。私はただ、どれほどつらくなるかわかっていなかった」

「なにを言っているの?」エリノアがたずねた。

ご主人さまのことを話し、喜ばせるためならなんでもすると言ったとき、ジルがにっこりした様子を思い出したナンシーは無言だった。

「犯人は私の妹だ」クラスメイトに言うほうが楽だとでもいうかのように、ジャックはエリノアよりケイドを見た。「あれが全員を殺した。鍵を造ろうとしていたんだ。止めなければ」寄せ木の台からすべりおりる。足が床について怪我をした腕で衝撃が響いたときにも、わずかに身をすくめただけだった。「セラフィーナはまだ生きている」

「だからロリエルはきみの隣をさしたのか、きみじゃなくて」とクリストファー。

ジャックはうなずいた。「私は殺していない。彼女は知っていた。ジルがやったと」

「外でジルを見たの」とナンシー。「急ぐ必要なんてないみたいに歩いてたわ。どこへ行くつもりなの?」

「私を刺したのは地下室だが、屋根裏に向かっているのだろう」ジャックは答えた。顔をゆがめる。「天窓が……嵐のときにはそのほうが楽だ。私は止めようとした。

本当だ」

「大丈夫だ」とケイド。「ここからは俺たちが引き受ける」

「私なしでは行かせない」とジャック。「あれは私のきょうだいだ」

「ついてこれるか？」

ジャックの微笑は薄くはりつめていた。「止めてみるといい」

ケイドは問いかけるようにエリノアを見やった。相手は目を閉じた。

「ジャックはついていけるでしょうけれど、わたくしは無理よ」と言う。「ここに戻れると確信がなければ行かないでちょうだい」

四人は出発した。

みんな怒りに燃えて館の中を疾走した。失った血の量を考えれば、ジャックは驚くほど足取りがしっかりしていた。ナンシーが最後尾になった。静止とスピードは正反対だ。だが最善をつくし、みんなだいたい同時に屋根裏の入口へたどりついた。ケイドがドアを勢いよくあける。

ジルはナイフを手にして本の海にたたずんでいた。上に置かれていた物を払い落としたテーブルをいまやセラフィーナ――この世でもっとも美しい少女――と、ひとつひとつ不気味な中身の入った各種の瓶が占領している。ドアがあいたとき、ジルは顔をあげて吐息をもらした。「あっちへ行って」と不機嫌に言う。「細かい作業なんだから。あんたたちにかまってる時間はないの」

まず部屋に踏み込んだのはケイドだった。両手を前にさしのべる。「こんなことしたくないだろ」

「したいと思うけど」ジルは言い返した。「あんたはあたしのことなんか知らないでしょ。誰もわかってないじゃない。あいつだってよ」ジャックに顎をしゃくる。「あたしは家に帰るの。ご主人さまのもとへ。方法は見つけたし、誰にも止められないわ。やってみなさいよ、みんな無駄死にして、こっちはもう一度やるだけだから。あたしは骸骨の鍵を造るの」

口を覆った猿轡《さるぐつわ》の下でセラフィーナがかすかなうめき声をあげ、逃げ道を求めて荒々しく目を動かした。逃げ道など見つからないだろう。

「故郷への扉は理由があってふさがれている」とジャック。「おまえに抜け道を見つけることはできない」

「そんなことないわ、お姉ちゃん、できるの」とジル。「ここにいる子はみんな特別なものを持ってる。なにか扉を呼ぶようなものを。あたしは完璧な女の子を造ってるのよ。なんでも持ってる子。いちばん頭がよくて、かわいくて、足が速くて力の強い女の子をね。その子のためならどんな扉もひらくわ。どの世界もほしがる。荒野についたらその子を殺すの。そうすればずっとあそこにいられるようになる。あたしはただ家に帰りたいだけ。あんただってそれはわかるでしょ」

「みんながわかってるよ」とクリストファー。「これはその方法じゃない」

「ほかの方法なんてないもの」とジル。

「死者は道具じゃないわ」ナンシーは言い、両脇に手をたらしたままケイドの隣をすりぬけた。「お願い。あなたは殺した人たちを傷つけてるの。骸骨の鍵がほしいからって、あの人たちに意味を与えているものを盗んでるけど、返してあげなかったらみんなあの世に行けないわ」その言葉が本当かどうかわからなかったが、あまりに正しい《いい》という気がしたので、疑問に思うことはなかった。「どうしてあなたのハッピーエンドだけが重要なの？」

「それを手に入れるためならなんでもする気があるのはあたしだけだからよ」ジルはぴしゃりと言った。「ひっこんでて、でないとこの子は死ぬし、犯人はあんただって言ってまわるわよ。みんながどっちを信じると思う？　かわいい女の子、それとも幽霊と話す女？　あんたの味方だって変な連中ばっかりじゃない。あたしはなんの非難も受けずに切り抜けるから、見てなさいよ」

ジルの視線はナンシーにすえられていた。ジャックがほかのふたりから離れ、じりじりと屋根裏の端をまわっていくのは目に入っていなかった。クリストファーとケイドは沈黙していた。

「こんなの間違いだって知ってるでしょう、ジル」とナンシー。「死んだ人たちがあなたに怒ってるのはわかってるでしょう」

ジャックは祈りのようにゆっくりと落ちついてひそやかに動き続けた。鋏《はさみ》をとりあげる。

「死んだ人なんてどうでもいいもの」とジル。「あたしは家に帰りたいの。大事なのはご主人さま。気にしてるのはあたしで、ほかのみんななんかどうだっていいわ、あたしが――」台詞《せりふ》の途中で言葉を切り、かすかに息がつまるような音をたてる。見おろすと、レースの部屋着の前面に血が広がりはじめていた。それから、その体が不恰好に崩れ落ち、背中から突き出た鋏があきらかになった。

ジャックは一瞬、倒れた妹をながめた。顔をあげてほかの三人を見たとき、その瞳は乾いていた。「すまない」と言う。「もっと早く気づくべきだった。見抜くべきだった。私は見ていなかった。謝罪する」

「自分の妹を殺したのね」ナンシーは当惑した口調だった。「そんな必要が……？」

「殺人の裁判はひどく厄介だろう。それに、自分のやるべきことを心得ていれば、死は永遠に続くわけではない。ブリーク博士が扉をふさいだのは私に対してではなかった。私はいつでも故郷に歓迎されていたはずだ、もしジルを置いてくるか……変化させようしていたら。ジルの主人はもうこれをほしがらないだろう。いったん死んで蘇《そ》生《せい》されたら、ヴァンパイアにはなれない」ジャックは身をかがめてジルの背中から鍬を抜いた。刃が真っ赤に濡れていた。にじみ出た血が指につくのを見てジャックは顔をしかめた。「もし許してくれるなら、行かなければならない。することは山ほどあるし、蘇生はいつでもすぐに行ったほうがうまくいく。私ならジルを連れ帰ることができる。まだきょうだいのままでいられるだろう」

血まみれの鍬で空気を切り裂く。宙に線が切り抜かれ、ジャックの隣に長方形が浮かんで、風の吹き荒れる暗い荒野が見えた。遠くに城がそびえ、その足もとに村がある。ジャックの表情がやわらぎ、言葉にならない切望があふれた。

「故郷」とささやく。腰をまげて両腕をジルの下にすべりこませる――その動きで左肩の傷がひらき、小さくうなった――それから双子の体を横向きに抱きあげた。扉に足を踏み入れる。ふりかえることはなかった。

全員が最後に目にした姉妹の姿は、急に遠ざかり、広大な無人の平原の中でひどく小さく見えるジャックが暗がりを抜け、城の明かりへ向かって歩いていくところだった。そのあとで長方形が薄れ、みんなはまた屋根裏に取り残された。

セラフィーナが猿轡の下でうめいた。時がふたたび流れ出す。

時間とはそういうものだ。

そしてみんな生きていた

　ジャックの手がないと、ランディの死体を処理するのは前より難しかった――クリストファーとナンシー以外は誰も本気で地下室には入りたがらなかったし、ふたりは安全に人体を溶かせるほど化学薬品にくわしくなかった。結局ランディは殺された木立に葬られ、木の根もと深くに埋められた。スミの手とロリエルの目も一緒に埋葬された。警察はスミを殺した犯人を捜していくつか偽の手がかりを追ったが、やがて痕跡が途絶えたと認め、捜査は打ち切られた。

　エリノアが元気を取り戻すには時間がかかった――右腕で親友だった女性なしでも学校を切りまわせる程度には気丈だったが、まだ杖をついて歩いていた。ケイドはランディが抜けた穴を埋めるため手を貸しはじめた。いつかケイドが学校を引き継ぐのだろう——そして立派に運営していくにちがいない。日ごとにそれがあきらかになりつつあった。エリノアの大切なものは守られるだろう。いつでもそうあるべきであったように。

地下室がすっかり掃除されたあと、ナンシーはそこに移った。セラフィーナが救出されたときの話をさんざん繰り返したので、ほかの生徒たちはもうナンシーや仲間を殺人犯と責めたりしなかった——友人とは言えなくとも、敵ではない。

残りの学期は夢のように過ぎ去った。帰宅する荷造りをしていたとき、階段から足音が聞こえた。ナンシーがふりかえると、ケイドが見覚えのある花模様のスーツケースを片手に立っていた。

「よう」と言う。

「こんにちは」ナンシーは答えた。

「休み中、家に帰るって聞いた」

ナンシーはうなずいた。「両親が言い張って」電話越しに頼み込まれ、懇願された。そのひとことひとことが、学校をやめさせられる口実を与えるまいという決意をいっそう固めたのだ。明るく色あざやかで熱くせわしいこの場所にいたくはないが、決して理解してくれない両親のいるところで一日過ごすぐらいなら、学校で千日過ごすほうを選ぶ。

　また会えると思ってもわくわくすることさえできなかった。死者と暮らした日々で、家族がどうしているだろう、自分を恋しがっているだろうかと思いをはせることもあった――いまとなっては、はたして手放してくれることがあるだろうかとしか考えられない。

「これを持っていきたいかと思ってさ――」ケイドはスーツケースをさしだした。「――おまえの変なところを助長してると思われないように」

「親切にありがとう」ナンシーはにっこりして歩み寄り、スーツケースを受け取った。「わたしがいなくても大丈夫？」

「そりゃもちろん」と答えが返る。「クリストファーと死者に関係のある世界の新しい地図にとりかかってるんだ。俺は舞踏《ウイトス》と死《モルテイス》が下位の方向じゃないかと思いはじめてる。それでいくつか説明がつくことがあるから」

「作業の結果を見るのを楽しみにしてるわ」ナンシーは重々しく言った。

「どうも」ケイドは一歩階段のほうにさがった。「楽しい休みを過ごせよ」

「そうする」ナンシーは答えた。ケイドが立ち去るのを見守る。背後でドアが閉まると、目を閉じて何秒か動きを止め、考えをまとめた。

では、これが世界なのだ。自分はここからきた――さらに、この世界で唯一自分の居場所だと感じられる場所でもある。卒業するまでは、その後もこの学校に残っていられるだろう。エリノアがナンセンスか墓場に行ってしまったら、ケイドのランディになれる――かたわらに立ってものごとを続けるのを手伝うことができる。もっと上手にやろう、と思った。生徒たちに未来が終身刑のようなものと感じさせずに将来について話せるように。どうしてもというなら、ここで幸せになることを学ぼう。だが、決して満足できるほどではなく。それは高望みというものだ。

目をあけ、手にしたスーツケースをながめてから、いまは無地の白いシーツで覆ってあるジャックの解剖台に近づいて載せた。少しひっかかる留め金を押しあけると、何カ月も前に両親がつめたあざやかな色合いの服が現れた。からみあったブラウスやスカートや下着のてっぺんに封筒が一枚あった。ナンシーは注意深くとりあげてひらき、中のメモを引き出した。

あんたは誰の虹でもない。
あんたは誰のお姫さまでもない。
あんたは自分以外の誰の扉でもないし、自分の物語がどうやって終わるか教えられるのは自分だけ。

スミの名前は書かれていなかった——紙の半分を占める大きなギザギザの文字で走り書きされている。ナンシーは笑い声をあげ、その音がすすり泣きのようなものに変わった。スミはあの初日に書いたに違いない、ナンシーが対処できなかったときのために。確信が薄れて、忘れようと試みはじめたときのために。

（わたし以外誰も、わたしの物語がどう終わるか教えられない）その言葉が真実だったので、声に出して繰り返した。「わたし以外誰も、わたしの物語がどう終わるか教えられない」

室内の空気がゆらいだようだった。

手紙を持ったままナンシーはふりむいた。階段は消えていた。かわりに戸口がある。どっしりしたオークの、あまりにもよく知っている扉。ゆっくりと、夢の中にいるようにそちらへ向かう。スミの手紙が手から離れて床に落ちていった。

最初ドアノブはまわらなかった。目をつぶり、思いのたけをこめて願うと、手の下で動くのが感じられた。今回は、目をあけてねじると扉がひらき、いつの間にか柘榴《ざくろ》の木の林を見つめていた。

空気がこんなにも甘い。空はダイヤモンドの星をちりばめた黒い天鵞絨《びろうど》だ。足を踏み入れたナンシーはふるえていた。露に湿った草がくるぶしをくすぐった。身をかがめ、紐をほどいて靴を脱ぐと、そのまま置きっぱなしにする。つまさきをぐっしょりと濡らし、腕をのばして手近な枝から柘榴をひとつもいだ。熟しすぎて真ん中で割れ、ルビーの種の連なりが見えている。

汁が唇に苦かった。天国の味だった。

ナンシーは一度もふりかえることなく、木々にはさまれた小道を歩いていった。走り出したときには扉はとっくに消え失せていた。もう必要とされていないのだ。鍵が鍵穴にはまったように、ナンシーはついに故郷にいた。

訳者あとがき

異世界へ旅したことがあるだろうか？　なんらかの理由でこの世界へ戻ってきたものの、もう一度帰りたいと強く願ったことは？　もしそんな経験があるなら、〝エリノア・ウェストの迷える青少年のための学校《ホーム》〟へ行くといい。たとえ二度と異世界への扉が見つからないとしても、同じ思いを分かち合う仲間といられるから――

二〇一六年出版の中篇ファンタジー *Every Heart a Doorway* の全訳をお届けする。『不思議の国のアリス』、『ナルニア国物語』、『オズの魔法使い』。ファンタジー好きなら、きっと一度は異世界への旅を夢見たことがあるはずだ。だが、胸躍る冒険が終わったあと、夢から醒めた子どもたちはどうなるのだろう？　ふとそんなふうに思ったことがあるなら、本書を手にとってみてほしい。これは〝扉の向こう〟ではなく、不本意ながら戻ってきた現実の世界でもがく少年少女の物語であり、逃避文学と呼ばれるファンタジーの本質に真っ向から切り込んでいく作品なのだ。

日本での紹介ははじめてとなる著者だが、二〇〇九年にアーバン・ファンタジーの*October Daye*シリーズ第一作となる*Rosemary and Rue*で長篇デビュー、同作でジョン・W・キャンベル新人賞受賞を受賞して以来、多くのSF関連の賞を受賞している実力派である。別名義ミラ・グラントでもスリラーやホラーを発表しているほか、SF音楽であるフィルク音楽（SFやファンタジーを題材にした替え歌を楽しむ音楽のジャンル）も手がけており、二〇一三年にはヒューゴー賞の五部門でノミネートという記録を残した。そんな中で満を持して上梓した本書*Every Heart a Doorway*は、二〇一七年にヒューゴー賞およびネビュラ賞、ローカス賞（いずれも中篇部門）と三大SF賞を総なめにしている。また、世界幻想文学大賞にもノミネートされており、評価の高さがうかがえる。

さて、本書は独立した作品としても充分に楽しめるが、二〇一七年出版の*Down among the Sticks and Bones*、二〇一八年出版の*Beneath the Sugar Sky*を加え、三部作としてもまとまっている。第二巻は続篇というより前日譚であり、この作品に登場したジャックとジルを主人公に少々時を遡《さかのぼ》って、荒野と呼ばれる世界に旅したふたりの道筋をたどることになる。まさに〝扉の向こう〟が舞台となる物語なので、異世界への旅を愛する方々はぜひご期待いただきたい。

検印
廃止

訳者紹介　群馬県生まれ。英米文学翻訳家。主な訳書にジョーンズ「バビロンまでは何マイル」、ホワイト「龍の騎手」、マキリップ「茨文字の魔法」「アトリックス・ウルフの呪文書」、ホームバーグ「紙の魔術師」などがある。

不思議の国の少女たち

2018年10月31日　初版

著　者　ショーニン・マグワイア

訳　者　原《はら》　島《しま》　文《ふみ》　世《よ》

発行所　(株)　東京創元社
代表者　長谷川晋一

162-0814/東京都新宿区新小川町1-5
電　話　03・3268・8231-営業部
03・3268・8204-編集部
URL　http://www.tsogen.co.jp
工友会印刷・本間製本

乱丁・落丁本は、ご面倒ですが小社までご送付ください。送料小社負担にてお取替えいたします。

ISBN978-4-488-56702-6　C0197